가짜 진짜 목격담

가짜 진짜 목격담

초판 1쇄 펴냄 2024년 9월 27일

지은이 김혜진

펴낸이 고영은 박미숙
펴낸곳 뜨인돌출판(주) | 출판등록 1994.10.11.(제406-251002011000185호)
주소 10881 경기도 파주시 회동길 337-9
홈페이지 www.ddstone.com | 블로그 blog.naver.com/ddstone1994
페이스북 www.facebook.com/ddstone1994 | 인스타그램 @ddstone_books
대표전화 02-337-5252 | 팩스 031-947-5868

편집이사 인영아 | 책임편집 이주미
디자인 이기희 이민정 | 마케팅 오상욱 김정빈 | 경영지원 김은주

ⓒ 2024 김혜진

ISBN 978-89-5807-028-3 03810

이 책은 서울특별시, 서울문화재단 '2024 창작집 발간 지원 사업'의 지원을 받아 발간되었습니다.

#1 　　　　　가짜 진짜 목격담

김혜진

뜨인돌

1

어제 지하철 타고 집에 가는데, 사람이 많았거든? 내 옆에 선 아저씨가 자꾸 비틀거려서 좀 짜증 났어. 막 땀도 흘리고 그래서 엄청 신경 쓰이더라고. 어디 아픈가 싶었는데, 그 아저씨가 진짜 쓰러진 거야. 근데 와, 나는 사람들이 침착하게 행동하는 거 보고 더 놀랐다. 바로 두 사람이 붙어서 심폐 소생술 하고, 다른 사람이 119 신고하고, 다음 역에 지하철 멈추니까 구급대원이랑 지하철 직원들이 기다리고 있다가 들어와서 바로 막 뭐 하더라? 그 아저씨가 숨을 도로 쉬는데, 사람들 다 박수 쳤잖아. 나는 뭐 한 거 없이 괜히 뿌듯하고…. 혹시나 내가 쓰러져도 사람들이 저렇게 해 주겠구나 싶으니까, 안심 되는 그런 느낌?

완료 버튼을 누르고 글이 제대로 올라갔는지 확인했다. 그러면서 다시 한 번 읽었는데, 내가 써 놓고 내가 감동해서 코끝이 찡해졌다. 낯선 지하철 승객들이 위기의 순간에 시민 영웅으로 돌변하다니! 그게 이 목격담의 포인트다. 음, 승객들이 처음엔 핸드폰만 들여다보고 있었다는 말을 덧붙일까? 그래야 반전의 느낌이 더 살 거 같은데.

글을 고칠까 말까 고민하다가 안 고치기로 했다. 너무 자세하게 쓰면 가독성이 떨어지기도 하고, 지어낸 이야기 같아진다. 진짜 목격담처럼 보이는 게 가장 중요하다.

왜냐하면, 이건 내가 지어낸 이야기니까.

100%는 아니고 한 70… 아니, 80% 정도는 상상이다. 지하철을 탄 거랑 힘겨워 보이는 아저씨를 본 건 실제로 있었던 일이다. 손잡이를 잡고 비틀거리는 아저씨를 보면서 저러다 쓰러지면 어떻게 될까 생각하다 보니 이야기가 떠올랐다.

거짓말을 왜 하냐고? 거짓말은 나쁜 거 아니냐고? 아니, 이건 거짓말이 아니다. 상상을 약간 더한 '좋은' 이야기지.

내 목표는 뚜렷하다. 좋은 이야기로 이 세상을 좋게 만드는 것!

우리 아기가 신발을 떨어뜨렸는데, 저는 안고 걷느라 떨어뜨린 줄도 몰랐네요ㅜㅜ 학생 둘이 달려와서 아기 신발이라고 전해 주는데 어찌나 이쁘고 고맙던지요.

오늘 있었던 감동 실화…. 편의점 알바 중인데 요즘 일에 쩔어 사느라 코피가 났거든. 앞에 손님 있고 창피해 죽겠는데 손님이 매장에 있는 새 휴지 가져다가 뜯어서 코에 대 주는 거…. 내가 계산하려고 했는데 본인이 뜯은 거니까 계산하겠다고 계속 우기셔서 계산해 드림…. 1+1 음료도 계산하고 나 하나 주고 가심…. 세상 살 만하다ㅜㅜ

어제 저녁 일흔 넘은 저희 아버지께서 겪으신 일입니다. 버스를 타셨는데 카드를 깜빡하셨다고 합니다. 현금이 없어서 허둥대시는데, 뒤에 따라 탄 20대 젊은이가 대신 요금을 내줬다고 하네요. 어제 10시 경 0000번 버스에서 친절을 베풀어 주신 그분께 아버지를 대신해 감사의 인사를 올립니다.

중학교 3학년 서재영의 자아는 눌러두고 매번 새로운 사람이 된다. 몸 불편한 노인, 아기 엄마, 지친 취준생, 바쁜 직장인…. 처음엔 그냥 ㅣ로서 썼는데, 별로 반응도 없고 '왜 님한테만 이런 일이 생겨요?ㅋㅋ' 하는 댓글이 달

려서 싹 밀고 익명의 여러 사람이 되는 쪽으로 방향을 바꿨다. 좀 꾸며 쓰면 어떤가. 마음을 따뜻하게 하는 이야기에는 엄청난 영향력이 있다. 댓글을 보면 안다. '인류애가 충전됐다' '지하철에서 사연 있는 사람이 됐다' '성선설이 맞다'….

┗ 나도 지난번에 버스에서 카드 안 가져와서 당황한 학생 본 적 있는데…. 그때 아무도 안 나서서 그 학생은 도로 내렸음. 내가 찍어 줄 걸 그랬네. 다음엔 꼭 그럴 거임.

바로 이거다. 사람들은 다른 사람들이 행동하는 대로 행동한다. 쓰레기가 많이 떨어진 곳은 점점 더 더러워진다. 거긴 쓰레기를 버려도 되는 곳처럼 보이니까. 그러나 누군가가 쓰레기를 줍는 모습을 보면, 자기도 줍게 된다.

한마디로 내가 하는 일은 바이럴이다. 좋은 행동 바이럴! 글을 쓸 때면 세상이 1mm만큼 좋아지는 데 한몫을 한 느낌이다. 아니면 세상이 가벼워지는 걸 수도 있겠다. 욕심과 이기심으로 똘똘 뭉쳐 무거워지고 있는 인간들의 무게를 1mg만큼 덜어 주는 거니까.

예전 같으면 1분 간격으로 새로 고침하며 댓글과 '좋아요'가 얼마나 달리는지 확인했겠지만, 이젠 그런 집착에

서 벗어났다. 어떤 건 반응을 얻고 어떤 건 묻힌다. 아주 정성들여 썼어도 관심 하나 못 받을 수 있고, 대충 휘리릭 쓴 글에 댓글이 수십 개 달리기도 한다. 이건 내가 정할 수 있는 게 아니고 하늘의 뜻 같은 거다. 나는 그저, 내 할 일을 할 뿐.

…그래도 궁금하니까 한 번만 더 확인할까.

┗ 솔직히 글쓴이는 아무것도 안 한 거 아님? 보기만 해 놓고 착한 척이네ㅋㅋ

헛. 나쁜 댓글이 달렸다. 꼭 이렇게 초 치는 인간이 있다. 그렇게 생각했어도 그냥 좀 넘어가면 안 되나. 그에 비하면 속은 나빠도 겉은 착한 게 훨씬 낫다. 위선이라고 해도, 위선이 모이면 결국 선이 되는 거다.

댓글을 지워 버리고 싶지만 참았다. 그래, 너는 그렇게 살아라. 차갑고 각박한 세상에서, 좋은 거 봐도 좋은지도 모르는 채로!

핸드폰을 침대 위로 던지려는데, 띠링, DM이 왔다.

> 내일 학교 끝나자마자 편집 회의! 잊지 마시오!
> 안 오면 찾아갈 거임.

아까 학교에서도 두 번이나 이야기하더니, 김선오의 집요함은 진짜 알아줘야 한다. 알겠다고 답을 보내자마자 이번엔 방문 밖에서 날 찾는 아빠의 목소리가 들렸다.

"재영아, 좀 나와 봐. 엄마가 언니 책 버린다는데 어쩌냐."

하아. 한숨이 났다. 문을 열고 나가며 기분을 바꾸고, 얼굴도 바꿨다. 목소리를 높여 엄마에게 말을 걸었다. 밝게, 아무렇지 않게.

"아! 엄마, 내가 정리하려고 했는데. 나 필요한 책도 있어요."

"정리할 게 뭐 있어, 다 버려!"

엄마는 언니 방에 서서 소리쳤다. 언니 방문이 활짝 열려 있는 게 어색했다. 언니가 있을 적엔 언제나 꽉 닫혀 있던 문이었다. 책장에 꽂혀 있던 책들이 바닥에 어지럽게 흩어져 있었다. 엄마는 발로 책들을 확확 밀었다. 책장에 같이 장식돼 있던, 언니가 소중히 여기던 그림 엽서들이 구겨져 책과 함께 굴렀다. 언니가 보면 화낼 텐데. 그러니까, 언니가 돌아와서, 보면.

"아니 여보, 재영이 필요한 책도 있다잖아. 두고 나와요. 혈압 올라."

아빠는 엄마를 슬슬 거실 쪽으로 밀면서 내게 눈짓을

했다. 나는 반사적으로 아빠의 말을 받았다.

"어, 토익 문제집이랑 단어장은 저도 나중에 필요할 거고, 몇 개 찍어 놨어요. 제가 정리할게요."

엄마는 대꾸도 안 했지만 아빠는 재영이에게 맡기라며 엄마를 언니 방에서 내보냈다. 엄마는 붉어진 얼굴로 소파에 앉아 TV를 켰다. 나는 언니 방으로 들어가 문을 반쯤만 닫았다. 아예 닫았다간 엄마가 또 폭발할지도 몰랐다.

엄마는 지난주에 이미 언니 책상 위를 쓸어 버렸다. 화장품과 연필꽂이와 작은 수첩들, 거울까지 쓰레기봉투에 담아 갖다 버렸다. 언니가 알면 어떻게 하냐고 물었다가 집 나간 애 의견이 뭐가 중요하냐고 벼락 같은 화를 뒤집어 쓴 뒤로, 나와 아빠는 그런 식으로는 말하지 않게 됐다. 언니 이야기는 꺼내지 말고 다른 이유를 대서 엄마를 막아야 했다. 제가 필요해서요, 그거 비싼 거라서 아까운데, 차라리 제가 챙겼다가 필요한 애 있으면 줄게요….

구겨진 그림 엽서를 집어 들었다. 언니가 언젠간 가 보겠다던 어느 먼 바닷가 풍경이었다.

언니는 정말, 안 돌아오려는 걸까.

2

"어렵진 않겠네, 3년 정리만 하면 되니까."

나는 작년 교지를 펼쳐 '우리의 3년' 페이지를 쭉 훑어봤다.

"그래서 재미가 없단 말이야."

선오는 팔짱을 꼈다. 헛, 언제나 그렇듯 일이 커질 기미가 보였다. 작년에 선오가 편집장이 된 이래로 교지 편집부는 과로의 상징이 됐다. 교지 두께부터 두 배였다. 예산 때문에 곤란하다는 선생님을 설득하고 직접 학교 앞 가게들을 돌며 광고까지 따 온 애가 선오다. 자기만큼 교지에 시간과 노력을 쏟아붓기를 요구한 탓에, 교지가 나올 때마다 몇 명씩 우르르 편집부를 그만뒀다.

결국 3학년은 셋밖에 안 남았다. 나, 김선오, 무던한 정예서. 지난 가을에 2학년에게 편집장 자리를 넘겨 주고

(선오의 그 1년을 버텨 낸 귀한 후배였다) 허전하다며 몸부림치던 선오에게 주어진 게 바로 이 한 꼭지였다.

'우리의 3년'. 전통적으로 3학년들이 맡아서 꾸미는 졸업 기념 코너다. 지난 3년을 돌이켜 보는 형식으로, 입학부터 졸업까지를 다룬다. 교지가 졸업식날 배부될 예정이라 졸업 쪽은 상상으로 써야 한다. 월별로 특별했던 이벤트만 정리하면 되는 거라 어려울 건 없었다. 그리고 어려운 게 없어서, 선오는 싫다고 한다.

"너무 시시하지 않냐. 마지막인데 멋지게 마무리해야 안 아쉽지. 안 그래, 서재영? 예서야?"

선오가 나와 정예서를 번갈아 바라봤다. 편집장 자리를 내어놓고도 편집회의 때마다 말을 너무 많이 해서, 담당 선생님의 중재 하에 3학년들만 이렇게 격리됐으면서도 김선오는 참 여전하다.

그렇다. 우리 셋은 지금 편집회의가 열리는 부실이 아니라, 한 층 아래에 있는 작은 자료실에 모여 있었다. 유배 온 거나 다름없었다.

'3학년들이 너무 간섭하면 후배들이 못 큰다. 애들끼리 알아서 하게 두고 너희는 맡은 거만 해 줘.'

선생님의 말은 백 번 옳았다. 그렇지만 선오는 당장이라도 부실로 돌아가고 싶은 눈치였다.

"지난번 회의 끝나고 되게 좋은 인터뷰 아이디어 생각 났는데. 그것만 가서 말하고 올게."

"어허. 가려면 날 밟고 가라."

생활복 옷자락을 붙잡고 버텼더니 선오는 쓰러지듯 도로 의자에 앉았다. 그러나 한번 붙은 불이 저절로 꺼질 리가 없었다.

"우리의 3년 말고 특집으로 바꿀까? 내가 진짜 엄청난 기획이 있거든? 학교 주변 탐사하는 건데…."

맙소사. 나는 빠르게 머리를 굴렸다.

"그래도 전통이 있는데 틀을 아예 바꾸는 건 좀 별로지. 그치, 예서야?"

정예서 제발! 중학교 생활 다 끝난 마당에 여기에 매달려 시간 낭비하는 건 너도 싫잖아!

예서는 고개를 끄덕였다. 예서는 선오가 뭐라고 제안해도 고개를 끄덕일 애다. 그러니까 먼저 내 편으로 만들어 놔야 한다.

"전통이 아니라 구태의연한 관습 아닐까? 학교 행사가 거의 바뀌지도 않는데, 작년 거 복사하듯 정리만 하는 게 뭐가 재미있어."

선오는 꿋꿋했다. 아, 다른 걸 떠올려야 한다…! 나는 적당한 선에서 선오를 막을 방법을 궁리했다.

"그럼 이런 건 어때? 3년 동안 있었던 사소한 사건들을 덧붙이는 거야. 언제냐, 작년 체육대회 때, 2반이었나? 치킨 다섯 마리 주문했는데 50마리 와서 전교생이 같이 나눠 먹었잖아. 그런 거 들어가면 재미있지 않을까?"

"오, 괜찮은데."

선오가 눈을 반짝였다. 그 반응에 힘을 얻어서 말을 이었다.

"좀 개인적인 것도 넣는 걸로 하자. 교지에 추억을 남기는 느낌으로? 시간 순만 잘 지켜서 정리하고. 어때, 예서야?"

예서는 다시 한번 고개를 끄덕였다. 타이밍만 잘 맞추면 예서의 동의를 얻는 건 식은 죽 먹기보다 쉽다. 선오는 늘 가지고 다니는 낡은 노트북 자판을 두드리며 계획을 짰다.

"투고함에도 받고, 각 반 반장들한테 공지해 달라고도 하자. 익명으로도 된다고 해야 편히 쓰겠지? 너무 별로인 건 우리가 골라내면 되고…. 근데 애들이 안 낼 수도 있으니까 우리가 직접 취재해서 정리하기도 하자. 반별로 10개 이상 받아 내는 걸 목표로."

선오랑 같이 뭘 하면 이런 게 좋다. 막힘 없이 쭉쭉 나가는 기. 신오는 반을 나눠 맡자고 했지만, 아마 자기 몫

을 순식간에 해치운 다음 나와 예서 몫까지 해결하려 들 거다. 정리도 자기가 한다고 할 거고. 교지 편집부를 나간 애들은 거기 뭐 하러 붙어 있냐며 나와 예서가 선오의 노예라도 된 것처럼 불쌍해하지만 사실은 그렇지 않다. 선오는 남에게 일 시킬 시간에 자기가 해 버리는, 좋게 말하면 솔선수범의 표본, 정확히는 성질 급한 완벽주의자니까.

나는 선오와 예서가 대화하는 걸 보며 살짝 몽상에 빠졌다. 어디 보자…. 어떤 이야기가 있을까. 아, 아까 점심시간에 1학년들이 축구하다가 수학 선생님 차를 공으로 맞춰서 사이드미러가 부서졌지. 수학은 바락바락 소리를 질러 댔다. 만약 거기에 옳은 말 하는 애가 있다면 저렇게 혼나고만 있지는 않을 거라 생각했다. 그러니까, 김선오 같은.

공을 차던 1학년 입장에서 상상해 보자면….

저희 학교에 어떤 선배가 있는데요…. 지난번에 제가 운동장에서 공을 차다가 선생님 차에 맞춰서 진짜 심하게 혼나고 있었는데요. 그 선배가 운동장에 차 대면 안 되는 거 아니냐고, 주차장에 대셨어야 했다고 선생님한테 반박을 해 줘서요….

"야, 서재영! 정신 차려. 또 무슨 망상에 빠지셨는지."

선오가 한심하다는 듯 날 보고 있었다. 뭐야, 너 좋은 역할 맡겨 주려고 했는데!

* * *

추억이 담긴 에피소드를 모아 달라고 각 반 반장을 통해 공지를 보냈지만, 역시나 자발적으로 글을 모아 준 반은 없었다. 투고함도 소득이 없기는 마찬가지였다. 결국 우리 셋이 애들을 일일이 붙잡고 이야기를 듣기로 했다. 나는 내가 모은 이야기에 만들어 낸 이야기들을 슬쩍 끼워 넣었다. 급식 줄 양보, 동네 쓰레기 줍기, 길고양이 가족 돌봐 주기…. 좋은 일 목격담들이었다. 바로 나의 전문 분야! 하루면 게시물이 떠내려가 사라지는 익명 게시판이 아니라 인쇄돼 책으로 나올 교지에 내가 쓴 목격담들이 실린다니, 만족감이 두 배였다.

"와, 이런 일도 있었어? 우리 학교 애들이 좀 착하네."

내가 제출한 글을 읽으며 선오가 감탄했다. 예서도 고개를 끄덕였다. 그럼, 세상은 생각보다 괜찮단 말이지. 간식으로 사 온 과자도 유독 바삭바삭했다. 신나게 집어 먹고 있는데, 선오가 희한한 딴죽을 걸었다.

"근데 이기 니무 감동 코드로 가는 거 같은데. 좋은 일

만 써야 한다고 생각했나."

"그게 왜?"

"선생님들이야 이런 거 좋아하겠지만, 생동감이 부족하지 않아? 좋게만 하면."

선오의 말에 반발심이 들었다.

"그럼 뭐 나쁜 일도 있어야 생동감이 생겨? 왜 좋은 일만 있으면 안 돼?"

"인생이 그런 거잖아. 좋기도 하고, 나쁘기도 하고. 좋은 에피소드만 실으면 앞으로도 다들 좋은 일만 제보할 거 아냐. 그럼 너무 교훈적으로 된다고. 재미도 없고."

"…앞으로라니, 이거 특집 한 번 하면 땡이야. 애들이 내년에도 이렇게 어렵게 만들겠냐."

진짜 하고 싶은 말은 삼켰다. 좋은 일로 채워야 세상도 좋아질 거라고 말하고 싶었지만, 선오는 동의 안 할 것 같았다.

내 성격이 원래 그렇다. 여지가 없으면 애초에 포기한다. 설득하려고 노력해 봤자 인간은 잘 안 바뀌니까. 선오도 더 따지고 들지는 않았다. 어깨를 으쓱 올리곤 나와 예서와 자신이 정리한 내용을 번갈아 들여다봤다.

"어디 보자…. 작년 말 올해 초가 약한데. 12월이랑 1월에 뭐 없었나? 아! 맞다, 그 사건 기억나? 쓰러진 할머

니 발견해서 119 불러 준 거. 이것도 좋은 얘기긴 한데, 넣을 만하지."

선오가 손가락을 튕겼다. 헙! 과자가 목에 걸려 나는 마구 기침을 해댔다. 선오가 나에게 휴지를 건네주며 물었다.

"기억 안 나? 12월인가, 후문 쪽에서 어떤 할머니가 쓰러졌는데 우리 학교 학생들이 119 불러 준 덕에 응급 조치해서 살았다잖아. 3학년 선배들이라고 했는데."

기억한다. 왜 기억 못 하겠는가, 그 장면을 보고 글을 써서 SNS에 퍼트린 게 나인데! 지어 낸 것도 아니고, 정말 진짜로, 실제로 본 거란 말이다.

○○중학교 앞에 놀이터 있거든. 나 아까 오후에 거기 지나가는데, 그 학교 학생들 둘이 놀이터 앞 길에 쭈그리고 앉아서 뭘 하고 있는 거야. 보니까, 사람이 쓰러져 있더라? 어떤 할머니였어. 학생들이 할머니 정신 차리라고 하고, 119도 불렀음. 그 학생들 아니었으면 할머니 큰일 나실 뻔….

처음엔 이렇게 썼다가, 반응이 별로 없어서 약간 지어 냈다. 내가 본 건 학생들이 할머니를 둘러싸고 들여다보는 거였지만, 뛰어오는 장면을 넣었다.

○○중학교 앞에 놀이터가 있어. 오후에 거기 지나가는데, 내 앞에 어떤 할머니가 걸어가고 있었거든? 그 할머니가 갑자기 픽 쓰러진 거야…. 근데 진짜 빠르게 학생 둘이 뛰어오더니 할머니 확인하고 바로 119에 신고하더라고. ○○중학교 학생들 같았음. 생활복에 초록 줄 있던데 그럼 3학년인가? 덕분에 119도 금방 와서 할머니 실어 감…. 학생들 진짜 빠르더라.

나는 아이디를 새로 여럿 만들어서 이 이야기를 여기저기 퍼 나르기까지 했다. 일부러 학교 이름을 정확하게 쓴 덕에, 학교 애들 사이에서도 이야기가 퍼졌다.

'너 그거 알아? 지난주에 이 앞에 놀이터에서….'

매점에서 다른 애들이 말하는 걸 들었을 때 그 짜릿함이라니! 그 애들은 내가 몰랐던 정보까지도 알려 줬다.

'저기 상가에서 가게 하는 할머니래. 119가 빨리 온 덕에 살았대. 그 정도면 신고한 3학년들한테 선행상 주지 않을까?'

맞다, 선행상 감이었다. 선배들 졸업식 때 이야기가 나올까 싶어서 엄청 집중했다. 제비뽑기로 각 반 5명씩 동원돼 후배 자리를 채워야 했던 게 짜증이 안 날 정도로. 옆에 앉은 애들이 네가 졸업하냐고, 뭘 그렇게 열심히 듣느냐고 놀릴 정도로. 하지만 아쉽게도 선행상 수여 같은 건

없었다. 선행상이 주어졌다면 얼굴을 볼 수 있었을 텐데. 나는 그 둘이 누군지는 몰랐다.

"그건 우리 학년 얘기가 아니잖아."

내 몽상을 깨뜨리듯 예서가 말했다. 엥? 예서가 저럴 리가 없는데. 보통은 다 좋다고만 하는데. 선오도 의외라는 듯 고개를 들었다.

"그래도 우리가 학교 다닐 때 있었던 일이니까 써도 되지 않나."

"우리 학년이 주가 되는 내용이어야 해. 이건 우리랑은 상관없는 얘기야."

예서가 단호하게 말했다. 얘가 왜 이러지? 예서라고 자기 생각이 없을 리는 없지만, 이런 별것 아닌 일에 굳이 반대를 하는 게 이상했다.

"그래도 좀 아까운데. 작년 교지엔 이 얘기가 안 들어갔단 말이지. 이미 교지 편집 끝난 다음에 생긴 일이었거든. 특집으로 인터뷰까지 했어도 될 만한 일인데! 기록하려면 이번 호밖에 없어. 내년엔 포함 안 될 거고."

선오는 연필 끝으로 종이를 툭툭 건드렸다.

"진짜로 있었던 일인지 아닌지도 정확히 모르잖아."

예서가 한마디 덧붙였다.

어? 절대 그냥 넘어갈 수 없는 말이었다. 좀 꾸미긴 했

어도 진짜 목격담이란 말이다. 나는 가볍게 헛기침을 하고 말을 꺼냈다.

"이게 우리랑 아예 상관없는 얘기는 아닌 게…. 실은 나, 이 장면을 봤거든."

"어?"

예서가 놀란 표정으로 날 바라봤다.

"그날 학교에 두고 온 게 있어서 다시 돌아가는 길에 봤어. 구급차 오는 것까지 봤고."

이 말에는 거짓이 섞여 있다. 구급차가 올 때까지 그 자리에 있었던 건 아니었고, 교문에 도착했을 때 멀리서 울리는 구급차 소리를 듣고 왔나보다 했다. 학교에 두고 온 게 있어서 돌아간 것도 아니었다. 그날 나는…. 그날 내가 뭘 했는지가 왜 중요한가. 나는 머릿속에 떠오른 이미지들을 지워 버렸다.

"그거 보고 되게 감동했다고. 나도 비슷한 일이 생기면 그렇게 해야겠다고 다짐도 하고."

글로 쓰던 걸 말로 하려니 팔에 소름이 돋았다. 그래도 선오에게는 잘 먹혔다.

"그렇지! 그 모습이 재영이 너에게 큰 영향을 미쳤다, 그거지? 그럼 우리 학년 얘기가 되는 거지! 정리해서 써 봐, 서재영 네 이름으로 실을게."

"아, 익명으로 하고 싶어. 그게, 편집부 이름이 너무 많이 나오면 좀 그렇잖아."

괜히 이름을 썼다가 SNS에 목격담 올린 것까지 밝혀지는 건 싫었다. 선오는 흔쾌히 내 의견에 동의했다.

그러나 문제는 예서였다.

"그래도 나는 안 싣는 게 낫다고 생각해."

예서가 굽히지 않자 나도 오기가 생겼다. 이건 좋은 일이다. 읽는 사람에게 좋은 영향을 끼칠 수 있는 일이란 말이다. 나는 이 이야기를 교지에 실어야 할 이유를 하나 더 찾아냈다.

"그 할머니가 후문 상가에서 가게 하는 분이었을 걸? 거기 사람들이 우리 학교 싫어하잖아. 그러니까 이런 일도 있었다, 우리 학교 학생들이 좋은 일도 했다는 걸 알려서… 이미지 회복을…."

목소리가 점점 작아졌다. 급해서 말을 꺼내긴 했는데, 상가 이야긴 괜히 했다. 후문 쪽에 있는 아파트 상가. 거기 가게 주인들이 우리 학교 애들을 싫어한다는 이야기는 유명했다. 상가 2층에 있던 학원이 이사한 뒤론 안 가 봐서 모르겠지만 교복 입고 가면 눈초리가 심상치 않다고, 옆 학교 애들하고 차별 대우가 장난 아니란 소리를 들었다.

하지만 상인들 탓을 할 게 아니었다. 작년에 그 상가에

서 물건 훔쳐 오는 게 무슨 유행처럼 번진 적이 있어서 그런 거니까.

"재영이가 좋은 포인트를 잡았네! 도둑질한 몇 명 때문에 학교 애들 다 같이 욕먹고 있잖아. 교지로 반전을 주자고! 확실하게 글로 써서!"

선오는 손뼉까지 쳤다. 과연 상인들이 교지 읽을 일이 있을까 싶지만, 저렇게 좋아하니 됐다.

"구체적인 정보를 넣자. 그 할머니가 하시는 가게가 어딘지 알아 올게. 우리 할아버지가 아실 걸?"

선오는 일이 생기자 신이 났다. 그렇게 정리되는 줄 알았는데,

"진짜로 봤어?"

예서가 취조라도 하는 것처럼 내게 따져 물었다.

"재영이 네가 진짜로 봤다고? 할머니를 구하는 장면을? 제대로 본 거 맞아?"

"봤다니깐. 왜 그러는데?"

예서는 절박한 표정으로 나를 뚫어져라 바라봤다. 내 얼굴에서, 눈에서 뭐라도 읽어 내려고 하는 것처럼.

3

오늘 참 아름다운 광경을 보았습니다. 맛집으로 유명한 식당에 식사를 하러 갔는데요, 벌써 줄이 길더군요. 맨 뒤에 서서 기다리고 있는데 목발 짚은 분과 그 일행이 왔습니다. 길게 줄을 선 걸 보고 고민하는 것 같더군요. 그때 저보다 한 다섯 명 앞에 선 젊은 여자 분들이 그분들 보고 선뜻 이리로 오시라고 하는 겁니다. 이니, 상황이 딱하다 한들 중간에 그렇게 끼워 주는 건 좀 아니지요. 항의를 해야 하나 참아야 하나 고민하는데, 그 여자 분들이 아예 줄을 벗어나 제 뒤에 다시 서는 겁니다. 끼워 준 게 아니라 자기 자리를 양보한 것이지요. 그게 끝이 아니었습니다. 양보한 자리 바로 뒤에 서 있던 분이 뒤를 돌아보더니, 자리를 떠나 맨 뒤에 서더군요. 그 다음 분들도 웃으며 똑같이 했습니다. 제 앞 사람들이 다 제 뒤에 선 셈이 된 것이지요. 결국엔 제가 그 목발 짚은 분 바로 뒤에

서게 됐습니다. 그래서 저도 자리를 벗어나…

벗어나서, 맨 뒤에 섰다, 이렇게 끝날 이야기였다. 양보하는 모습에 감동받은 사람들이 자기 자리를 계속 양보해서 처음 양보한 사람이 덕을 보는 이야기. 적어도 손해는 안 보는 이야기. 이 세상이 아직은 따뜻하다는 걸 말해 주는 이야기.

쓰다가, 이야기 속 내가 양보할 차례에서 멈췄다. 진짜 그럴 거야? 짜증 안 내고? 그냥 있으면 이득인데. 내 앞에 있던 사람들이 줄줄이 내 뒤에 섰잖아. 다시 뒤로 가면 한 팀 끼워 준 셈이라 손해라고. 나라면. 진짜 나라면….

에이. 너무 길어졌다. 이렇게 길면 읽다 말 거다. 억지로 마무리를 짓고 올려 버렸다.

거실로 나왔다. 언니가 없으니 집은 조용했다. 긴장할 필요도, 중간에서 애쓸 필요도 없다. 다만, 이럴 때는 좀 곤란했다.

"그것도 버리려고?"

언니 방에서 아빠 목소리가 났다.

"필요 없다고 두고 갔잖아, 나 좀 내버려 둬!"

오늘은 옷이었다. 엄마가 커다란 쓰레기봉투 안에 언니 옷을 쓸어 담고 있었다. 엄마는 언니 방을 아예 없애겠

다고 했다. 딱 한 달만 기다려 보겠다고, 안 돌아오면 끝이라고. 그리고 지난주에 이미 그 한 달이 지났다. 아빠는 나와 눈이 마주치자 눈을 찡그리며 눈짓을 했다. 어떻게 좀 해 보라는 거였다.

"엄마! 옷도 제가 입을게요. 멀쩡한데 아깝잖아. 요즘 옷 쓰레기가 그렇게 문제래. 환경 파괴도 되고…."

말하면서 속으로 실소가 나왔다. 환경? 쓰레기? 관심도 없으면서.

"그래요, 재영이 생각이 기특하잖아. 민영이 거 나중에 재영이가 다 쓸 수 있는 것들인데."

아빠가 재빨리 내 말을 거들었다. 나는 열심히 고개를 끄덕였다. 엄마는 붉어진 얼굴을 한 손으로 문지르곤 쓰레기봉투를 내려놓았다.

"그래, 그럼. 어휴, 꼴 보기가 싫어서. 여보, 그럼 침대부터 버리자. 그거 폐기물 스티커, 주민 센터에다 신청하면 되나?"

엄마는 괜찮다가도 언니 방을 보면 열불이 나서 못 참겠다고 했다. 기껏 낳아서 고이고이 키웠더니 부모 가슴에 대못을 박았다고.

"재영이 너도 그럴 거니? 어?"

화살이 내게로 날아왔다. 이 역시 한 달 동안 충분히

겪은 일이었다.

"그걸 왜 재영이한테 풀어? 재영이는 안 그럴 건데."

아빠는 엄마를 달래면서 나를 봤다. 얼른 아빠의 말에 동의해서 엄마의 비위를 맞추라는 뜻이었다. 일그러지는 얼굴을 겨우 펴고 말했다.

"언니도 엄마한테 미안해해요. 나한테는 그렇게 말했었는데."

"하! 퍽이나 그랬겠다!"

엄마는 코웃음 쳤지만 분위기는 한결 나아졌다. 이것 봐, 언니가 진짜 미안해했는지는 중요하지 않다. 그런 '좋은' 말을 하는 것만으로도 효과가 발생한다.

손댔다간 피투성이가 될 깨진 유리 조각들은 도로 붙여도 원래대로 복구될 가능성이 제로다. 그럼 그냥 부드러운 걸로, 천 같은 걸로 둘둘 감싸 버리면 된다. 아무도 다치지 않게, 유리 조각이 왜 깨졌는지까지 잊어버리게. 좋은 것만 보이게.

* * *

급식을 먹고 돌아와 보니 선오가 우리 반 내 자리에 앉아 내 짝과 수다를 떨고 있었다. 원래는 다른 반 출입

금지인데, 선오는 기삿거리를 찾아서 뻔질나게 다른 반을 돌아다니는 탓에 다들 그러려니 했다.

선오는 반갑게 날 맞이하곤 이야기 좀 하자며 굳이 복도로 나갔다.

"그거 있잖아, 할머니 얘기. 음… 사서 쌤하고 이야기하다가, 쌤도 알고 있는지 물어봤거든."

선오는 답지 않게 머뭇거렸다.

"그거 좀 복잡하던데. 너 진짜 목격한 거 맞지?"

"너까지 왜 그래? 무슨 문제 있어?"

"그게, 그 선배들이 할머니를 구한 게 아니라… 쓰러진 할머니한테서 지갑을 훔쳤다는 말이 있더라고."

"뭐?"

진짜 놀랐다. 상상도 못 한 말이었다. 선오는 모아 온 정보를 풀어놓았다. 사서 선생님은 너만 알고 있으라며 말해 줬다는데, 선오는 교지 편집부는 운명 공동체니까 같이 알아야 한다고 했다.

"할머니 쪽에서 돈이 없어졌다고 학교에다 항의를 했대. 물론 그 선배들은 아니라고 했고. 달리 증거는 없었나 봐. 그리고 바로 졸업했으니, 묻힌 거지."

"…아니라고 했으면 그걸 믿으면 되잖아."

"그게 끝이 아니야. 사서 쌤 얘기 듣고 찜찜해서 여기

저기 물어봤는데."

그 선배들을 아는 사람의 학원 친구의 동생인지 뭔지, 복잡하게 건너건너 들은 이야기라고 했다.

"그 돈으로 잘 놀았다, 뭐 그런 말 하는 걸 들었대."

"다른 돈 얘기였을 수도 있어. 용돈, 뭐 그런 거."

"그치? 헛소문일 가능성이 크긴 커. 근데 확실하지 않으면 교지에 싣기는 곤란하잖아. 그래서 네가 제대로 본 건가 싶어서."

선오는 나를 똑바로 바라봤다. 약간 신나 보였다.

"돈을 훔친 게 사실이라면, 서재영 네가 목격자야."

소름이 싹 돋았다. 그날 내가 봤던 장면이 영화처럼 머릿속에 재생됐다. 쓰러진 할머니 옆에 앉아 있던 두 사람. 다급한 표정과 할머니의 패딩을 뒤적거리던 손짓. 할머니를 구하기 위한 일인 줄 알았다. 할머니 핸드폰을 확인해서 가족이라도 부르려고 하는 줄 알았는데 그게 아니었나? 지갑을 건드리던 장면이었나?

'119 금방 도착한대. 몇 분 안 남았어!'

그런 소리도 들었다. 당연히 119를 불렀고, 곧 올 테니 안심하자는 이야긴 줄 알았다. 구급차가 빨리 오길 바라는 말인 줄 알았다. 나중에 분명 구급차 사이렌 소리도 들었단 말이다. 그런데 그게 아니라… 119가 올 테니 빨

리 끝내자고 했던 거면? 그렇다면, 내가 그 악행을 좋게 포장해 준 셈이 된다.

모기처럼 윙윙대는 불길한 예감을 쫓으며 말했다.

"그 선배들이 119 부른 거 맞아. 그건 사실이야. 아니, 됐다. 미심쩍으면 안 실으면 되잖아. 그냥 빼. 됐지?"

"아니, 이렇게 결론 없이 마무리할 수는 없지."

선오가 단호하게 말했다. 황당했다.

"뭐? 그럼 어쩌게?"

"알아 봐서 진짜 돈을 훔친 거면 그 선배들이 확실히 벌을 받아야지. 경찰에 신고를 하든 할머니 쪽에 알려드리든. 그게 아니라면, 우리가 그 소문이 사실이 아니라고 확실히 밝히면 되고. 상황을 바로잡으려는 거야."

긁어 부스럼. 딱 떠오른 말이었다. 그러나 발동 걸린 김선오를 막을 방법은 없었고, 니는 울며 겨사 넉기로 선오를 따라다녔다. 선오는 자기 뜻대로 정보를 소화해서 결론만 통보할 테니까, 정보가 나오는 자리에 있는 게 훨씬 나았다.

결국 선오는 그 선배들을 아는 애를 몇 명 찾아냈다.

"아, 그 언니들? 둘 다 먼 동네 고등학교 갔을 걸. 둘이 예전에 우리 언니랑 친해서 우리 집에도 자주 놀러왔었어. 착했냐고? 뭐 평범했지. 자기 기분 좋을 땐 나한테도

과자 나눠 주고, 게임도 같이 하자 그러고, 기분 나쁠 땐 쌩까고."

착하든 나쁘든 어느 한 쪽으로 기운다면 마음을 정할 텐데, 이 정도로는 애매했다. 그런 일을 할 사람이 전혀 아닌 것도 아니었고, 그런 일을 할 만한 사람인 것도 아니었다.

그다음 애한테서 우리는 뜻밖의 정보를 얻었다.

"교지에 정예서 있잖아. 걔가 그 언니들이랑 친하지 않았어? 같이 있는 거 봤는데…. 안 어울리는 조합이어서 유심히 봤었거든. 그 언니들은 좀 노는 쪽인데 정예서는 아니잖아. 근데 잘 지내는 거 같더라. 정예서한테 물어봐. 걔는 연락처 알 텐데."

선오와 나는 임시 회의실로 돌아왔다. 선오는 오묘한 표정을 하고 있었다.

"그럼… 지갑 훔쳤다는 소문이 사실인가 봐. 당당하다면 예서가 나서서 아니라고 했겠지. 근데 예서는 아니라고 안 하고 신지 말자고만 했잖아."

"아님 별로 안 친했던 거 아냐?"

대충 수습하려고 한 말인데 선오가 눈을 번뜩였다.

"혹시 정예서, 학폭 당한 거 아냐? 무서워서 못 나서는 거 아니냐고."

"사이 좋아 보였다잖아."

"겉으로 보기엔 그랬겠지! 눈치 보느라! 예서 그런 애잖아, 싫어도 싫은 티 못 내는 애. 선배들한테도 싫단 소리 못하고 억지로 끌려 다녔을 가능성이 커. 여기서 이러고 있을 게 아니라 직접 물어봐야겠어."

당장 예서를 만나러 가겠다는 선오를 뜯어 말렸다.

"야, 무작정 그러지 말고 생각을 좀 해 봐. 대놓고 물어보면 예서는 좋겠냐?"

"안 좋을 건 또 뭔데? 자기 억울한 거 알아주는 건데. 밝히는 게 속 시원하겠지!"

선오의 눈빛에는 일말의 의심도 없었다. 세상엔 파헤치지 않는 게 나은 일도 있다는 걸, 선오는 절대 이해 못 할 거다. 밝혀서 속 시원할 거면 예서가 진작 그렇게 했겠지. 덮어 뒀다는 건 그럴 만한 이유가 있단 소리다.

"어느 쪽이 됐든, 난 진실을 알고 싶어. 그리고 진실을 알릴 의무가 있다고 봐."

선오가 말했다.

"의무? 누구한테?"

"우리 모두한테."

우리, 모두? 선오의 '우리' 안에는 나까지 포함된 건가? 나는 아니다. 알고 싶지 않다, 진실 따위!

"내가 봤다니까! 겉으로 보기엔 그랬다고. 그 선배들이 어떤 마음으로 그랬는지가 뭐가 중요해? 겉으로 봐서 좋은 일인데! 기껏 선으로 포장해 놨으면 그냥 두자, 어? 좋은 게 좋은 거잖아. 좋은 걸 봐야 좋게도 살지! 안 그래도 세상이 이렇게 엉망인데, 가끔 있는 좋은 일마저 엎어 버려야겠냐?"

차라리 좋은 일을 지어내는 게 낫지. 나쁜 일을 솔직하게 말하는 것보다!

"김선오, 너 그거 기억나지? 아우슈비츠 배경 영화. 1학년 때 학교에서 봤었잖아. 2차 대전 때 수용소에 아빠가 아이랑 갇혔는데, 아이한테 연극인 것처럼 꾸미잖아. 무서워하지 말라고, 이거 다 가짜라고. 그래서 아이가 그 상황을 버텨 내잖아. 네 말대로라면 그 아빠가 거기서 애한테 우리는 여기서 절대 못 나간다, 다 죽을 거다, 그렇게 솔직하게 얘기하는 게 나았겠냐? 세상이 이렇게 잔혹하다고, 희망이 없다고 진실을 말해야 했겠냐고!"

끔찍한 현실은 절대 바뀌지 않을 테니 아빠는 아이에게 오색 빛깔 예쁘게 칠해진 색안경을 씌워 준 거다. 그러면 안경을 쓰고 있는 동안에는 행복할 수 있겠지. 우리가 사는 현실도 비슷하다. 목숨까진 안 걸렸어도, 안 보는 게 더 나은 것들이 많다는 점에서.

"그건 아이니까 그런 거고. 우리는 아이가 아니야. 뭐가 좋고 나쁜지 알고 판단해야지. 근데 얘기가 왜 여기까지 왔냐."

선오가 웃는 얼굴로 손을 내저었다. 이 정도에서 이야기를 마무리하고 싶은 모양이었지만, 나는 아니었다.

"아니, 김선오, 생각을 해 보라고!"

"얘가 왜 이럴까? 알았어, 알았으니까 그만해. 아, 정예서한테 말 안 하면 되잖아! 그 얘기도 네가 빼고 싶으면 빼고. 됐지?"

"지금 그게 문제가 아니라!"

"그게 문제가 아니면 뭐가 문젠데!"

"네 생각!"

선오는 기막혀 했다.

"야, 그 신배들은 무슨 생각이었든 상관없다며? 근데 왜 나는 생각까지 너한테 맞게 해야 한다고 그러냐."

그 말에 멍해졌다. 선오가 '진심으로' 내가 옳다고 말해 주길 원했나? 열이 확 식었다. 쪽팔렸다. 그래, 영화 이야기까지 한 건 좀 심했지….

선오와는 어영부영 헤어졌다. 성과는 있었다. 선오가 예서에게는 묻지 않겠다고 했으니, 그거면 됐다.

집에 가다 말고 버스 정류장 의자에 앉았다. 집에 들

어갈 기분이 아니었다. 엄마 아빠는 정말 언니 침대를 버렸을까? 내 말은 무시하고 언니 옷이며 책도 다 버렸을지도 모른다. 언니 방이 어떻게 되고 있을지 상상하기도 싫었다.

언니 SNS를 찾아봤다. 지난 주말에 올라온 고양이 사진 이후론 새로운 게 없었다. 고양이 사진을 구석구석 들여다보며 언니의 상태를 짐작해 보려 했다. 이 고양이는 같이 산다는 친구가 키우는 걸까? 언니가 고양이를 좋아했던가.

문자는 2주 전이 끝이었다.

> 잘 지내고 있어, 걱정 마.

진짜야? 진짜 잘 지내? 겉으로만 그런 거 아니야? 그러나 보이는 건 언제나 겉뿐이다. 그래. 잘 지내나 보지. 잘 지낸다고 했으니까, 그렇게 보이니까 그대로 받아들이면 된다.

진심. 그런 게 중요하다고 믿던 때도 있었다. 겉모습보다 속이 중요하다고 생각했고, 가시 돋친 말도 의도가 나쁘지 않으면 괜찮다고 생각했다. 그런데 그게 완전히 뒤집힌 건… 속마음이야 어떻든 겉으로 드러나는 것만으로 판단하겠다고 결심한 건….

책상 위에 쏟아놓은 과자. 둘러앉은 애들. 즐거운 웃음소리. 곁에서만 보면 친구들끼리 편하게 노는 모습. 그 안에 있는 나. 오가는 건 좋은 말들. '해 줄래?' 강제가 아닌 부드러운 부탁.

나는 좋았어. 아무렇지 않았어. 겉으로 볼 땐 그랬잖아. 그 애도, 나를 괴롭힌 게 아니야. 친구였어. 서로 충분히 잘해 주고 가까웠다고. 속마음이 어땠는지까지 파고들 필요 없어. …그런데 김선오한텐 왜 그랬지? 내가 한 말 신경 쓰지 말라고 문자라도 보내야 하나….

버릇처럼 내가 쓴 '좋은' 글 페이지에 들어갔다. 댓글을 읽으면 내가 잘못 사는 게 아니라는 확신이 든다. 외울 정도로 읽고 또 읽은 댓글들을 다시 읽는데, 예전에 쓴 글에 새 댓글이 하나 달려 있었다.

"어… 어? 어!"

4

> 안녕하세요! 저희는 유튜브 채널 〈아마코난〉입니다. 목격담에 대해 여쭤보고 싶은 게 있어서요! 이 장면을 목격하신 장소가 △△구 ○○동 맞지요? 이쪽으로 DM 부탁드립니다!

 당장 유튜브부터 확인했다. 〈아마코난〉, 구독자 2만 명! 조회수 30만을 찍은 인기 동영상도 있었다. 기분이 손바닥 뒤집듯 바뀌었다. 봐! 이런 데서 내 목격담에 관심을 보이잖아! 내 생각이 틀린 게 아니라니까! 내가 잘하고 있는 거 맞다니까!

 그런데 채널 분위기가 범죄나 추리 쪽인 것 같았다. 이런 데서 왜 내 목격담을 궁금해하는 거지? ○○동 목격담이라면, 두 달 전에 쓴 거였다.

 편의점에서 나오는데, 바로 앞에 택시가 서고 아저씨가 내리

더라고. 근데 어떤 사람이 그 택시를 타려고 전속력으로 달려가다가 택시 앞에서 엎어짐…. 택시는 매정하게 떠나 버림. 근데 넘어진 사람이 반바지 입고 있어서 무릎에서 피가 줄줄 흐르는 거…. 못 걷겠는지 편의점 앞에 앉아 있더라고. 휴지라도 줘야 하나 싶었는데, 택시에서 내린 아저씨가 잠깐 기다리라고 하더니 바로 옆에 있는 약국 가서 소독약이랑 붕대랑 사 옴. 와, 모르는 사람에게 그렇게까지 해 주다니 감동…. 근데 붕대 감는 게 능숙하진 않아서 좀 웃겼음ㅎㅎ 그리고 택시까지 잡아 주더라.

평소와 달리 편의점 앞 사진도 찍어 올렸다. 우리 동네가 아니라 이모네 동네여서 부담이 없었다. ○○동이란 걸 어떻게 알았나 했더니, 사진 때문이었다. 사진 속 편의점 간판에 동 이름이 쓰여 있었다.

실제로, 택시를 향해 뛰다가 엎어진 사람을 봤다. 택시에서 내린 아저씨가 괜찮냐고 물어본 것도 사실이었다. 그러나 그 아저씨는 묻기만 하고 자기 갈 길을 갔고, 넘어진 사람은 혼자 앉아서 한참을 끙끙댔다. 반면 나는 바로 자리를 뜨지 못하고 머뭇거렸다. 사실은, 내가 약을 사다 주고 싶었다. 하지만 그러면 얼마나 이상해 보이겠는가. 그래서 상상했다. 택시에서 내린 아저씨가 약을 사서 치료

해 줬으면 어땠을까? 좋았겠지. 감동적이었겠지. 그래서 그 이야기를 쓴 것이다. 상상 속 이야기를.

> 안녕하세요? ○○동 목격담 쓴 사람인데요….

DM을 보내고 화면만 들여다봤다. 바로 읽음 표시가 떴다.

> 안녕하세요, 연락 주셔서 정말 정말 감사드려요!

> 아니에요. 알아봐 주셔서 제가 감사합니다^^
> 뭐가 궁금하신지요?

> 설명을 너무 잘 하셨더라고요. 눈앞에 막 그려졌어요.
> 그래서 그 사건을 저희 채널에서 한번 다루려고 하는데요,
> 직접 출연하셔서 보신대로 말씀해 주실 수 있나요?

전혀 예상하지 못한 일이었다. 영상에 나오라고? 그 정도로 대단하게 봐 줬다고? 확 웃음이 났다. 하지만….

> 출연까지는 안 될 거 같아요ㅜㅜ 대신 사진이랑
> 이야기는 맘대로 쓰셔도 됩니다!

> 아… 출연은 어려울까요ㅜㅜ

> 네…. 좋은 이야기가 퍼져 나가서 사람들에게 감동을
> 주면 되지, 제가 막 드러나고 그런 건 별로라서요.

> 아….

너무 칼같이 잘랐나? 어떤 영상에 나오라는 건지 이야

기라도 들어 볼 걸 그랬나?

> 혹시 어떤 영상이에요?

답장은 10분이 넘어서야 왔다.

> 감동 에피소드 모음 영상 같은 거 만들려고 하는데, 경험한 사람이 직접 설명해 주면 더 생생하고 좋을 것 같아서요.

오, 좋은 의도였다. 좋은 걸 퍼뜨리겠다는 나의 목적과도 딱 맞았다. 그런데 하겠다는 말이 안 나왔다. 글이야 몇 번이고 다시 쓸 수 있지만 말로 하는 건 역시 자신이 없었다.

> 태블릿에 하실 말씀 띄워드릴게요! 화면 보고 읽기만 하는 건데 어려우실까요?

> 다른 사람이 저인 척하고 인터뷰하면 안 되나요?

> 에이, 그건 안 되죠. 그건 거짓말인데요.

확 찔렸다. 그 이야기의 반이 거짓인데. 그렇지만, 거짓이긴 하지만, 나쁜 의도가 있는 것도 아니다. 그렇게 지어냈다 한들 누가 피해를 입는 것도 아니고. 그 이야기를 보고 2만 유튜버도 감동 받았다는데, 그게 영상으로 만들어지면 또 얼마나 많은 사람들이 관심을 보이겠나. 그중

에 1%라도 비슷한 일을 해 볼 마음을 먹는다면, 자그마치 200명이다. 0.1%라도 20명! 이건 기회였다. 이 '나쁜' 세상에 좋은 일을 하나라도 더 심을 기회.

> 그럼 마스크 쓰고 해도 되나요?

* * *

괜찮을 줄 알았는데, 당일이 되니 너무 긴장됐다. 일요일 오후에 그 동네로 갔다. 금방이라도 눈이 펑펑 쏟아질 듯 구름이 잔뜩 낀 날씨였다. 많이 추운 날은 아닌데, 늘 입는 패딩 대신 짧은 코트를 입었더니 몸이 덜덜 떨렸다. 떠는 게 눈에 보였는지 영상을 찍으러 온 유튜버가 내게 핫팩을 두 개나 줬다.

채널 쪽에서 나온 사람은 둘이었다. 카메라맨, 진행하는 유튜버. 두 사람이 그 채널을 운영하는 거라고 했다. 내게 무선 마이크를 달아 주는 모습이 전문가스러웠다.

"긴장되세요? 여러 번 찍을 거니까 편하게 하세요! 일단 이쪽에 서 볼까요? 현장을 목격한 데가 여기 맞죠? 편의점 앞?"

"네, 네. 제가 편의점 나와서 바로 봤거든요. 그러니까

뭘 봤냐면, 어….”

태블릿을 보며 목격담을 읽으려는데 질문이 들어왔다.

"편의점에서는 뭘 사셨어요?"

"네?"

예상 못 한 질문에 말문이 턱 막혔다. 미리 공유한 대본엔 없는 내용이었다.

"아, 긴장 좀 푸시라고 물어보는 거예요. 편하게 말씀하세요."

유튜버가 환하게 웃었다. 그 웃음에 마음을 놓을 틈도 없이 다음 질문이 날아왔다.

"이 동네 사세요?"

"아뇨, 이모네 왔다가 집에 가는 길이었는데…. 저기, 이것도 찍으시는 거예요?"

"네네, 자연스럽게 대화처럼 하면 좋을 거 같아요. 이모 댁은 어느 쪽…? 아, 그럼 이 방향으로 걷다가 편의점에 들어가신 거죠?"

유튜버는 동선 확인을 경찰이 수사하듯 자세하게 했다. 상당히 꼼꼼한 사람인 것 같았다.

처음엔 예상하지 못했던 질문에 버벅거렸는데, 대화를 나누다 보니 점점 여유가 생겼다. 나는 태블릿도 보지 않고, 내 기분에 취해 열심히 이야기했다. 머릿속에 그날

의 장면이 펼쳐졌다. 상상의 날개를 달고.

"그때 택시에서 내리신 분이, 지나가려다 딱 멈추는 거예요. 약간 고민하는 것 같긴 했어요. 도울지 말지 망설이는 느낌이요. 아, 귀찮아하거나 그런 건 절대 아니고요. 그, 이래도 되나 하는 느낌… 뭔지 아시죠?"

"아, 네."

뭐야. 중요한 부분인데 흘려듣네. 유튜버는 흘려듣는 것에서 그치지 않고 엉뚱한 질문을 했다.

"그때 다쳤다는 사람이요, 파란색 바람막이에 베이지색 반바지 입고 있었던 거 맞죠?"

그게 왜 중요하지? 유튜버는 도와주는 장면보다 도움받은 사람의 옷과 머리 스타일에 관심이 더 많은 것 같았다. 얼굴을 봤는지, 눈썹이 진했는지, 까만 가방을 메고 있었는지… 자꾸 확인하니까 헷갈렸다. 택시에서 내린 아저씨는 기억이 나는데, 다친 사람 쪽은 유심히 안 봤단 말이다. 내가 대답을 빨리빨리 하지 못하자 촬영이 멈췄다.

"그렇게 자신감 없이 말씀하시면 진짜 같지가 않거든요? 좀만 더 확신을 가지고 말해 주실래요? 직접 보신 거 맞잖아요."

"아, 그렇긴 한데, 얼굴까지 자세히 본 건 아니라서요…."

도움 받는 사람이 어떻게 생겼는지가 왜 중요하지? 좀 이상했다. 내가 아는 걸 묻는 게 아니라, 자기들이 아는 걸 확인하는 분위기였다.

"근데 그 사람이 어떻게 생겼는지 알고 계시는 거예요?"

내가 묻자 자신만만하던 유튜버의 얼굴이 당황으로 물들었다.

그때였다.

"뭐 찍어요?"

깜짝이야. 편의점 안에서 유니폼 조끼를 입은 아저씨가 얼굴을 내밀었다. 유튜버가 내게 눈짓했다. 나더러 대답하라는 거였다.

"어… 지난 가을에요…."

머릿속에서 경보가 울렸다. 내가 말을 못 잇자 유튜버가 대신 이야기를 늘어놓았다. '파란색 바람막이와 베이지색 반바지를 입은' 넘어진 남자에 대해서도 자세히 설명했다.

"혹시 보셨나요? 바로 이 앞에 앉아서 치료 받았다는데요."

"모르겠는데. 그런 일이 있었으면 내가 알았을 텐데."

이지씨는 고개를 갸웃거리며 문을 닫았다.

빨리 이 자리를 뜨고 싶었다. 나는 유튜버가 원하는 대로 인상착의까지 착실하게 설명하며 '목격' 영상을 몇 번이나 찍었다. 내 이야기 속에서 그 아저씨는 안타까운 표정으로 서둘러 약을 사 들고 와서 '덥수룩한 머리에 까만 가방을 메고 파란색 바람막이에 베이지색 반바지를 입은' 어떤 사람의 무릎을 치료해 줬다….

촬영을 다 끝내고 정신없이 지하철을 탔다. 빨리 그 자리에서 멀어지고 싶었다. 찜찜했다. 감사의 표시라며 기프티콘도 받았지만 기쁘지 않았다. 편집부 이벤트로 써 버려야겠다. 에피소드 모으기에 기프티콘을 걸면 참여율이 올라가겠지…. 애써 기분을 돌리려 했지만, 교지를 떠올리자 할머니와 선배들 생각에 찜찜함이 더해졌다.

왜 불안하지? 지금 이 택시 에피소드는 거짓말이었어도, 할머니를 구한 선배들을 본 건 거짓이 아닌데. 그 선배들이 정말로 '할머니, 정신 차리세요!' 같은 말을 했는지는 기억이 안 난다. 소리는 안 들렸으니까. 하지만 정황상 당연히….

'제대로 본 거 맞아?'

예서의 질문이 자꾸 맴돌았다. 봤어? 제대로 봤어? 그 사람을 봤지요? 무슨 옷을 입고 있었나요? 예서의 질문과 유튜버의 질문이 한데 섞였다. 보지 못한 것까지 봤다

고 말한 나. 지어내는 나.

진짜 본 거 맞아? 다른 걸 본 건 아니야? 아냐, 내가 확실히 봤다고! 그럼 진짜로, 뭘 봤는데? 아니면, 뭘 못 봤는데? 보지 못한 것을 지어내는 사이, 내가 놓친 게 뭐지? 그때 내가 본 건 쓰러진 할머니. 검은 롱패딩을 입고 긴 머리를 풀어 늘어뜨린 두 사람. 한 명은 가방을 메고 있고, 다른 한 명은 가방을 바닥에 내려놓은 채였다. 그리고 그 옆에… 가방이 하나 더 있었다.

맞다, 가방이 세 개였다. 가방이 셋. 가방에 달린 인형들도 셋. 왜 세 개지? 한 명이 더 있었나? 내가 본 건 두 명인데.

까만 가방에 걸린 인형들. 노란색, 보라색, 민트색의 흔한 인형. 너무 흔해서, 다른 데서도 본 적이 있는 것 같은.

하지만 인형의 정확한 모양도, 어디서 봤는지도 기억이 안 났다. 집에 돌아와서 검색을 하고, 학교에서도 애들 가방만 봤다. 비슷한 인형은 많았는데 딱 맞는 건 없었다.

가방이 세 개라는 건, 관련된 사람이 한 명 더 있다는 거다. 선오에게 말하면 선오는 그 사람을 찾아내자고 할 거다. 그렇게 일을 크게 만들고 싶지 않았다. 그러니 가방에 대해선 잊어버리는 게 나은데, 시선이 자꾸 가방으로

향하는 걸 막을 수 없었다. 선배들이 졸업했으니 그 세 번째 인물 역시 이 학교엔 없을 텐데도 자꾸 보게 됐다.

종례가 끝나고, 애들은 분주하게 학교를 빠져나갔다. 등에 멘 가방. 가방에 달린 것들.

"와! 눈 온다!"

"에이, 나 우산 없는데."

애들이 현관 앞에서 소란스럽게 떠들어 댔다. 나는 우산을 폈다. 우산으로 시야를 가리면 가방을 보지 않을 수 있었다.

학원까지 걸어가는 길에도 눈은 퍼붓듯 내렸다. 우산에 소복하게 쌓여 옆으로 기울이면 우수수 떨어질 정도였다. 문득 앞에 눈을 맞으며 걸어가는 사람이 보였다. 어깨와 머리에 눈이 하얗게 쌓여 있었다. 춥겠다. 앞이 보이긴 하나? 누군가가 우산을 씌워 주면 좋을 텐데. 바람은 곧바로 상상으로 변했다.

오늘 눈이 많이 왔잖아. 학원 가는 길에, 어떤 사람이 눈을 맞으면서 걸어가는 거야. 근데 뒤에서 아주머니 한 분이 우산을 씌워 주면서….

잠깐, 그런데 왜 아주머니라고 생각했지? 왜 다른 사

람이 해야 한다고 생각하지? 내가 씌워 줄 수도 있는 거 아닌가. 우산을 꽉 쥐었다. 그래, 내가 행동을 하는 거다. 상상하고 글만 쓰지 말고!

…아니야. 괜히 참견했다가 이상한 사람으로 오해 받으면 어떻게 해? 내가 스토커인 줄 알면. 찌푸린 얼굴로 뭐냐고 물으면.

망설이는 사이에 그 사람은 학원 옆 편의점으로 쏙 들어갔다. 이상한 아쉬움과 동시에, 깨달았다. 한 번도 '내가' 그랬다는 식의 이야기를 쓴 적이 없다는 것을. 나는 늘 누가 착한 일 하는 걸 봤다고 썼다. 왜냐하면, 내가 했다고 하면 자랑 같잖아. 자기가 잘한 걸 굳이 쓴다는 게 웃기잖아….

아니, 그럴 용기가 없어서겠지. 선오에게는 논리적인 척 말했지만 결국 나는 상상 속에서조차도 행동하지 못하는 겁쟁이일 뿐이다.

기분이 엉망이었다. 이런 기분으로 애들이 꽉 찬 엘리베이터에 끼어 타기는 싫어서 비상 계단으로 걸어 올라가는데, 웅성거리는 소리가 들렸다.

"여기서 뭐 해?"

"아! 서재영!"

다 아는 애들이었다. 초등학교를 같이 다닌 남자애들

도 몇 명 섞여 있었다. 별로 마주 하고 싶지 않은 애도 있어 굳이 참견하지 않으려고 했다. 그런데 애들이 손에 들고 있는 게 눈에 들어왔다.

"우리 진짜 망했다, 어쩌냐."

"왜 우리야? 너가 망한 거지!"

세상 망한 표정으로 김서준이 두 손 받쳐 들고 있는 건 부원장 선생님이 애지중지하는 RC카였다. 외국에서 비싸게 사 왔다는 빈티지 어쩌구. RC카 위에 간식 얹어서 시험 잘 본 애 책상까지 조종해서 배달해 주는 게 부원장 선생님의 취미였다. 애들이 한 번만 조종해 보겠다고 떼를 써도 절대 허락 안 했던 건데, 앞 범퍼가 부러져 있었다. 김서준이 몰래 가지고 나와서 조종해 보다가 비상 계단에서 떨어뜨렸다는 거였다.

"김서준 큰일 났네."

"나 혼자 뒤집어쓰라고? 야, 너희도 조종해 봤잖아!"

김서준은 발을 구르며 폭탄 돌리기 하듯 RC카를 다른 애에게 넘기려 했지만 애들은 물러섰다. 김서준의 절친인 이지우만 부서진 부품을 맞춰 보려 애쓰고 있었다.

"야, 수업 시간 됐다!"

애들이 슬금슬금 비상문을 열고 사라졌다. 나도 빨리 따라갈 것을, 괜히 어물거렸다가 김서준에게 붙들렸다.

"서재영… 나 이거 어떻게 하지?"

김서준이 울상이 돼서 날 쳐다봤다. 옆에서 이지우가 힐끔거렸다. 지난겨울 그날 이후로 학교에서든 학원에서든 아는 척 안 했으니, 저쪽도 내가 불편할 법했다.

"닦아드리려고 했다고 해."

"엉?"

나는 RC카의 위쪽을 살짝 건드렸다. 손가락에 분필 가루가 묻어났다.

최근에 그 RC카는 유리장이 아니라 부원장 선생님 책상 옆에 나와 있었다. 그러니 애들이 쉽게 가져올 수 있었겠지. 그 자리는, 곧 죽어도 분필이 편하다는 부원장 선생님이 분필 지우개를 보관하는 곳 바로 옆이기도 했다. RC카에 분필 가루가 뽀얗게 내려앉은 걸 보고 선생님은 저게 안 보이나, 아낀다면서 서런 선 신경 안 쓰나 생각하곤 했다.

RC카에 분필 가루가 너무 많이 묻어 있어서 닦아드리려고 했다, 먼지 날까 봐 복도에 나와서 털다가 실수로 떨어뜨렸다, 죄송하다…. 이게 내가 떠올린 시나리오였다.

"아, 리모컨은 미리 가져다 놔야 돼. 리모컨까지 가지고 나왔으면 가지고 놀다 그런 게 티가 나잖아."

"고마워, 서재영! 야, 너 진짜 꼼수 잘 쓴다. 덕분에 살

듯! 역시 꼼수 하면 서재영이지!"

김서준은 신이 나서 RC카에 바람을 훅훅 불어 댔다. 먼지가 날리고, 나는 멍해졌다.

"내가 꼼수를 잘 써?"

"그치! 기억 안 나? 예전에 김나은 전학 가기 전에, 상가에서! 그때도 너 아니었음 잡혔을 거잖아."

김서준은 자기가 하는 말이 내게 어떤 의미인지 알고나 있을까.

"아니, 재영아, 너한테 뭐라고 하는 거 아니고, 고맙다는 거야."

이지우가 눈치 빠르게 말을 돌렸다. 얘가 내 이름을 부른 건 거의 1년 만이었다. 김서준도 그제야 뭔가 이상한 걸 눈치챘는지 장단을 맞췄다.

"어어, 너 말 잘한다 그 얘기지."

꼼수였나. 좋게 풀려고 한 건데. 의도가 좋았다고 하면 피해를 본 사람도 기분이 덜 나쁠 테니까. 그게 잘못된 건 아니잖아….

더 말하기도 싫었다. 비상문 안으로 들어가는데, 열린 문 너머에, 정수기 앞에 예서가 서 있었다. 다 들었을까? 아니, 들으면 어때. 내가 나쁜 짓 한 것도 아닌데. 난감한 기분이 드는 게 싫었다. 평소라면 인사하고 말았을 건데,

지금은 내가 거짓말을 만들어 내는 걸 예서에게 들킨 기분이었다. 그 할머니 사건과 얽힌 뒷이야기를 들은 뒤라서 더 그랬다. 예서가 뭔가를 안다면, 내 목격담을 의심하고 있다면… 이 모습이 어떻게 보였을까.

학원에 있는 내내 날 찔러 대던 불길한 예감은 수업이 끝나자마자 현실로 나타났다. 예서가 건물 입구에서 날 기다리고 있었다.

눈은 그쳤다. 우리는 염화 칼슘을 부어 대듯 뿌려 둔 길 위를 걸었다. 예서네 집이 이쪽이던가? 모르겠다. 학원에서도 같은 반이 아니라서 딱히 신경 써 본 적도 없었다. 예서는… 신경 쓰지 않아도 괜찮은 애니까. 적당히 우호적으로 지낼 수 있는 애. 쉽게 체육복을 빌릴 수 있는 애. 날 어떻게 생각하는지 걱정하지 않아도 되는 애….

그리고 이렇게 집요한 줄은 전혀 몰랐던 애.

"그 장난감 자동차 말이야…. 누군가를 위해서 거짓말을 한 거잖아. 그럼, 그건 잘못이 아니라고 생각해?"

"난 그래."

신경이 곤두섰다. 날 비난하려는 거야? 난 좋은 일을 한 거야!

"부원장 쌤도, 애들이 장난치다 망가트렸다고 하면 더 기분 나쁠 거 아냐."

아까 부원장 선생님은 화는 냈지만 '그래도 좋은 뜻으로 한 거니까' 하며 넘어갔다. 그러니 단지 야단을 안 맞으려고 한 거짓말은 아닌 거다. 말로 천 냥 빚 갚는다는 말이 왜 있겠는가? 엄밀히 말하면 사기다. 그러나 빌려 준 당사자가, 그 말이 천 냥의 값어치를 가졌다고 인정하고 받은 걸로 친 거다. 그러니 사기가 아니게 되는 거다.

물론 이런 이야기까지는 하지 않았다. 나는 그냥 짧게 말했다.

"그렇게 말해서 피해 보는 사람이 있다면 문제지만, 그런 사람도 없잖아."

예서는 혼란스러워 보였다.

"난 모르겠어."

예서는 먼저 돌아섰다. 한 손에는 우산을 들고 등에는 무거워 보이는 축 늘어진 검은 책가방을 메고서.

헉. 누가 내 목을 잡고 챈 것처럼 숨이 막혔다.

가방에 걸린 인형, 민트색에 털이 복슬복슬하고 강아지인지 곰인지 알 수 없는 정체불명의 그것은… 내가 본 적 있는 인형이었다.

5

 인형을 달고 다니는 애는 많다. 내가 잘못 본 걸 수도 있다. 아니면 기억이 잘못됐을 거다. 그렇지만⋯ 예서는 그 선배들하고 친했다고 했다. 예서는 내가 정말로 그 장면을 봤는지 지나치게 궁금해했다. 그 자리에 한 명 더 있었다면, 그게 예서일 확률은 얼마나 될까?

 ⋯상당히 높은 것 같았다.

 "오래 기다렸어?"

 밝은 목소리가 꼬리에 꼬리를 무는 생각에서 끄집어냈다. 언니는 웃는 얼굴로 내 앞자리에 앉았다가, 날 보곤 단번에 얼굴이 굳었다.

 "표정이 왜 그래. 무슨 일 있어? 엄마가 나 만나지도 말래?"

 "아니야, 그런 거."

엄마한텐 언니를 만난다는 말조차도 안 하고 나왔다. 나는 허탈한 기분으로 웃었다. 언니도 그제야 굳은 얼굴을 풀었다.

"아직 안 시켰지? 뭐 마실래, 망고 스무디?"

그거 비싸지 않나. 언니가 돈이 있을까? 엄마는 언니가 노트북과 태블릿을 챙겨 나갔다고, 돈이 될 만한 건 다 챙겼다고 독하다고 했다. 그렇지만 그것마저 두고 가면 어떻게 살라는 건가. 언니는 아빠가 몰래 생활비를 주겠다고 한 것도 거절했다는데.

언니는 훌쩍 일어나 주문을 하고 돌아왔다.

"너 졸업식에도 갈 거야. 엄마 아빠가 뭐라고 하든. 네가 내 동생인데, 엄마 아빠랑은 상관없어."

엄마 아빠가 있어서 내가 언니 동생이 된 건데, 어떻게 상관이 없지….

"엄마도 언니 걱정 많이 해."

입에 발린 거짓말이 먼저 나왔다. 엄마한테 그랬듯이. 나는 늘 두 사람 사이를 오가며 좋은 말로 관계를 이어가려 애썼다. 아빠는 그런 내가 고맙다고 했다. 더 잘 좀 이야기해 보라고도 했다.

"하."

언니는 코웃음을 쳤다. 진짜냐고 묻지도 않았다.

내가 오늘 언니를 만날 거라 했으면 아빠는 뭐라고 했을까? 따라와서, 집에 돌아오라고 설득했을까? 아니면 엄마에게 말해 버려서 엄마가 나타나 언니 머리채를 잡는 일이 벌어졌을지도 모른다.

나는 망고 스무디와 스콘을 먹으며 언니와 이야기를 했다. 언니는 잘 지낸다고, 친구가 자취하는 원룸에 살면서 아르바이트를 시작했다고 했다. 언니 친구가 키우는 고양이의 이름은 모카였다. 언니는 고양이 사진과 지금 사는 집 사진을 몇 장 보여 줬다. 언니는 우리 집의 자기 방이 어떻게 됐는지는 묻지 않았다. 그 집은, 언니에게는 이제 '우리' 집이 아닌지도 몰랐다.

"이렇게 보니까 좋다. 가끔 보자."

"가끔?"

그 말이 너무 이상했다. 가족은 같이 살아야 하는 거 아닌가.

'난 이렇게는 못 살아.'

언니는 짐을 싸며 말했었다.

'우리 집이 대단히 문제가 있는 건 아니지. 객관적으론 그렇지. 그런데, 주관적으론 안 그럴 수도 있는 거잖아.'

엄마는 언니를 용서하지 않았다. 20년이 넘도록 참은 자기가 미친 거였다며 화를 터뜨렸다.

'내가 태어났을 때부터 참았단 거야? 나랑 똑같네!'

언니는 한마디도 지지 않았다.

물과 기름. 섞일 수 없는 두 사람. 누가 더 잘못해서가 아니라, 그냥 맞지 않아서 존재만으로 서로를 미치게 하는 관계. 참아도 나아질 것 없이 억울하기만 한 사이.

'걔는 자기만 힘든 줄 알아! 누가 그 까다로운 성질 다 맞춰 줬는데! 걔가 어떤 앤지 알지, 하나부터 열까지 지 뜻대로만 해야 하는 애!'

엄마가 전화로 누군가에게 울분을 토하는 걸 들으면 엄마가 이해가 됐다. 언니가 너무한 것 같았다.

'엄마는 자기 말이 다 정답인 줄 알아. 내가 그 답에 어긋나면 화를 낸다고. 나도 생각이 있고 감정이 있어. 하나하나 허락받으면서 살 순 없어.'

언니가 내게 조목조목 설명할 때면 언니 편을 들고 싶었다. 언니를 이해 못 하는 엄마가 미웠다.

버릇처럼 하는 '좋은' 상상도 이 둘을 가지고는 불가능했다. 서로를 미워하던 모녀가 작은 행동 하나, 말 한마디에 굳은 마음을 풀고 서로를 끌어안고 눈물을 펑펑 흘리는 이야기는 있을 수 없었다. 왜? 내가 둘을 너무 잘 알아서? 완전히 불가능할 걸 알아서?

아니면, 그렇게 상상하고 싶지 않아서. 내가 둘을, 미워

하게 돼서.

겉으로만이라도 잘 지낼 수는 없나? 꼭 저렇게 티를 내고 전투를 벌여야만 하나?

둘은 모르는 것 같았다. 엄마와 언니가 독한 말을 던지며 서로를 상처 입힐 때, 나도 옆에 있었다는 것을. 파편이 튀어 또 다른 상처를 내고 있는 줄은.

언니는 아르바이트를 가야 한다고 먼저 일어났다. 스무디가 반이나 남은 나는 자리에 남았다.

카페 안은 소란스러웠다. 빈자리 없이 빼곡하게 사람이 들어찼다. 새로 들어오는 사람들이 내 쪽을 힐끔거렸다. 네 명이 앉을 수 있는 자리에 혼자 있는 게 마뜩찮겠지. 나는 모른 척 시선을 돌렸다. 그러자 누가 아슬아슬하게 딸기 스무디 두 잔을 쟁반에 담아 들고 오는 게 보였다. 저게 확 엎어지면 어떻게 될까? 저 사람이 발이 걸려서, 팍 쏟아져 버리면—

카페에서 공부하는데 어떤 사람이 딸기 스무디를 들고 오다가 엎어 버리는 걸 봤어. 한 모금도 못 마신 거 같은데 안됐더라고. 그 사람은 아주 당황해서 허둥지둥하는데, 자리에 앉아 있던 사람들이 마 일어나는 거야….

일어나서… 닦는 것을 도와주고…. 잠깐, 왜 도와주는데? 못 본 척하겠지. 그리고 안 닦아 주면 나쁜 사람이야? 내가 내 음료수를 엎어 버리면 누가 도와줄까? 바닥에 던져 버리면!

망고 스무디 잔을 쥔 손이 부들부들 떨렸다. 이름을 붙일 수 없는 감정이, 분노와 비슷한 무엇이 머리끝까지 치솟았다.

"저기, 이거 의자 안 쓰시면 가져가도 되나요?"

"네? 아, 네."

두 사람이 내 앞의 의자 두 개를 가져갔다.

머리가 확 식었다. 실제로 일어나지도 않은 일에 혼자서 열 내는 꼴이라니. 창피해졌다. 이럴 때는 한 가지밖에 못 한다. 내가 쓴 글들을 읽는 거. 댓글을 읽는 거.

누군가를 돕는 사람들, 그걸 알리는 나, 감동했다는 사람들. 그 덕에 세상은 좋아지고 있다. 분명하다.

…그래야만 한다.

* * *

"서재영! 왜 편집부실 안 와!"

매점에서 선오에게 붙들렸다. 들어가면서 선오를 발견

하고 기둥 뒤로 숨었는데 기가 막히게 날 찾아냈다.

"왜? 원고 다 됐잖아."

'우리의 3년'이 이번 교지 원고 중에 제일 먼저 완성됐다. 선오가 할머니 사건의 뒷이야기 캐내는 걸 포기한 덕이었다. 그래놓고 선오는 손이 근질근질한지 편집회의 때 난입했다가 쫓겨난 후 '부록'을 만들 방법을 골몰하고 있었다.

"부록 때문에 그래. 아, 두 쪽 가지고 뭐 하냐. 네 쪽은 돼야지."

"뭐 하게, 또."

어쩔 수 없이 임시 회의실로 끌려가 선오의 야심찬 계획을 들었다. 후문 쪽 아파트 상가 가게들로부터 졸업 축전을 받아 내겠다는 거였다. 우리 학교 학생들을 싫어하는 그곳에서, 굳이.

"이 기회에 우리가 정중하게 축전을 부탁드리고, 그쪽도 통 크게 축하해 주면 서로 좋지 않겠어? 맞다, 예서한테 가게 로고 같은 거 그려 달라고 해서 축전에 같이 실을까? 사진보다는 손으로 그린 느낌이 더 재미있잖아."

얘 지금은 상가에 꽂혔네.

"근데 예서 진짜 눈에 안 띈다. 아까부터 찾았는데. 어쩔 수 없네. 재영이나 데려가야지."

선오는 바로 상가로 간다고 했고, 나는 순순히 따라갔다. 가기 싫었지만 다른 방법이 없었다. 선오가 상가에서 무슨 소리를 듣게 될지 모르니까.

상가는 오래된 아파트 앞에 있는 3층 건물이었다. 2층에 있던 학원이 이사한 게 지난봄이었는데 여전히 2층 창문에 '임대' 표시가 붙어 있었다. 1층은 복도를 사이에 두고 양쪽으로 빽빽하게 가게가 있었다. 1층 복도로 들어서는데, 긴장이 됐다. 올해 머리스타일을 확 바꿨으니 알아볼 사람이 없을 텐데도 그랬다.

김서준이 이야기했던, 내가 꼼수를 썼던 무인 편의점 앞을 지날 때는 나도 모르게 얼굴을 반대쪽으로 돌렸다. 나은이와 다른 애들이 도둑으로 몰렸던 그 가게. 몰린 게 아니라, 실제로 도둑이었던 가게.

"사장님, 안녕하세요!"

선오가 향한 곳은 복도 중간에 있는 빵집이었다. 선오네 가족이 모두 단골이라고 했다. 사장님은 선오를 반갑게 맞이했다.

"응, 축전, 써 줘야지. 안 그래도 그쪽 학생들이 잘 안 보여서 섭섭하더라고. 학원이 멀리 이사한 것도 아닌데, 여기 와서 간식 사 먹던 애들이 싹 사라졌어. 떡볶이집도 학생들 없으니까 매상 뚝 떨어졌대."

"괜히 욕먹을까 봐 그래요. 복도만 지나가도 눈치 준다던데요."

"예민한 사람들만 그래. 아무리 쌓인 게 있어도 학생들 오지 말라고 눈치 주고 그럼 안 되지."

사장님은 달콤하고 바삭한 식빵 러스크를 그릇에 담아 줬다. 선오와 사장님이 축전 이야기를 하는 동안, 별로 할 말도 없는 나는 핸드폰이나 뒤적였다.

어? 〈아마코난〉에서 영상이 왔다.

> 이대로 올려도 될지 컨펌 부탁드립니다. 전체 영상은 편집이 덜 돼서 출연하신 부분만 보내드려요.

영상은 짧았다. 1분 정도? 딱 내가 말하는 부분만 있었다. 내 목소리가 저랬나? 아, 머리 뻗친 것 좀 봐! 좀 창피하고, 신기했다. 이걸 구독자 2만 명이 본단 말이지.

"뭐 봐?"

선오가 물었다. 말할까 말까. 살짝 자랑하고 싶기도 했지만 참았다. 선오는 더 묻지 않고 사장님과의 대화로 돌아갔다.

갑자기 나은이 생각이 났다.

그 애가 이 영상을 보면 뭐라고 할까? 환하게 웃으면서 재영아 대단하다, 이럴까? 그 말의 뜻은 뭘까. 칭찬일

까, 비아냥일까? 나는 그 애의 속마음을 읽을 수 있을까.

…왜 개 생각을 하고 있지? 상가라서 그렇다. 과거가 파도처럼 밀려 들어왔다. 진짜 싫다. 다른 걸로 머리를 채우자.

단골 빵집이 있는데, 하굣길에 들러서 빵 하나씩 사 먹는단 말이야. 어제도 들렀는데 웬 노숙자 같은 사람이 들어와서…. 근데 사장님이 진짜 친절하게 우유랑 빵을 주는 거야….

선오의 목소리가 상상을 끊어 냈다.

"어? 쟤 예서 아냐?"

예서가 2층으로 올라가는 계단 앞에 서 있었다. 바로 옆은 그릇이며 냄비, 조리 도구를 파는 가게였다.

"저기서 뭐 하는 거지?"

예서는 가게 앞 진열대에 놓인 찻잔을 들었다 놓았다 하면서 가게 안을 힐끔거렸다.

"어… 뭔가 불안한데."

선오가 중얼거렸다. 나도 그랬다. 예서가 저기에 서 있을 이유가 뭐가 있단 말인가. 느낌이 안 좋았다.

"뭐 봐? 아, 저 가게."

빵집 사장님이 혀를 찼다.

"저 집 할머니가 작년 겨울에 길에서 쓰러지셨거든. 근데 누가 119에 신고를 해 줘서, 다행히 골든타임은 안 넘겨서 이젠 괜찮아지셨어. 그래서 저기 사장님이, 할머니 아들 부부가 처음엔 신고자가 누군지 막 찾았거든? 보상해 주려고?"

"신고자를 몰랐대요? 제가 듣기로는…."

선오가 말끝을 흐렸다.

"아, 너도 그 소문 들었구나? 너희 학교 학생들이 할머니 도와줬다 그러더라? 근데 119가 왔을 때는 아무도 없고 할머니만 계셨다더라고."

나와 선오의 시선이 마주쳤다. 그렇다면 내가 그 장면을 보고 학교로 돌아간 뒤에 선배들은 할머니만 두고 가 버렸단 이야기다. 119가 올 때까지 기다리지 않고 갈 이유라면… 온몸에 소름이 돋았다. 진짜? 진짜 지갑을 훔쳤단 말이야?

사장님은 말을 이었다.

"처음에야 돈이고 뭐고 확인할 정신이 있었겠어? 근데 어디 인터넷에 목격담이 올라온 걸 누가 보고 알려 줬대. 학생들이 할머니 옆에 있었다고. 그래서 블랙박스 찾아봤더니, 그 애들이 수상하게 행동하는 게 찍혀 있더래. 그제야 할머니도 지갑에서 15만 원이 없어졌다는 걸 기억하신

거지."

머릿속이 뒤죽박죽 엉켰다. 그때였다.

"학생, 아까부터 뭐 하는 거야? 사지도 않을 거 왜 자꾸 만지작거려?"

주인 아저씨가 입구로 나와 소리를 질렀다. 예서는 화들짝 놀라 들고 있던 찻잔을 바닥에 떨어뜨렸다. 사기로 만든 찻잔이 산산조각 났다. 주인 아저씨는 시뻘게진 얼굴로 삿대질을 했고, 예서는 덫에 걸린 동물처럼 옴짝달싹 못 했다.

문을 박차고 나간 건 선오였다. 나는 한 발 느렸다.

"저희도 보고 있었거든요! 얘는 아무 짓도 안 했어요!"

선오가 예서를 옹호하고, 빵집 사장님도 나와서 한마디 했다. 주변 가게들에서 사람들이 나와 상황을 구경하며 웅성거렸다.

"애를 왜 쥐 잡듯이 잡아."

"아이, 저 집은 그럴 만도 하지. 당신 몰라? 저 집 할머니 얘기. 저 학교 애들이 돈을 훔쳐 놓고, 들켰는데도 사과도 안 했대."

상가에서는 그 이야기가 소문이 아니라 확고한 사실이었다.

"암만 그래도, 저 학생이 그런 것도 아닌데 적당히 좀

하지."

 혀를 차는 상인들이 말려 준 덕에 주인 아저씨는 진정했다. 예서는 깨뜨린 찻잔 값을 냈다. 선오는 아저씨가 소리 지른 바람에 떨어뜨린 거라고 말을 덧붙였다. 나는 한 손으론 잘잘못을 따지려는 선오를, 다른 손으론 묵묵부답인 예서를 끌고 도망치듯 상가를 나왔다.

 빨리 멀어지려고 되는 대로 걷다 보니 하필이면 놀이터였다. 할머니가 쓰러져 있던, 내가 선배들을 봤던 그 길의 놀이터. 거기서 그만 헤어지고 싶었는데, 둘을 보내고 혼자가 되고 싶었는데, 예서가 말도 없이 놀이터 안으로 불쑥 들어갔다. 선오는 당연한 듯 뒤따라갔고 나는 끌려가듯 둘을 따랐다.

 그리 늦은 시간은 아니지만 해가 일찍 져서 어두웠다. 예서는 벤치가 아니라 화단 난간에 걸터앉았다. 가로등 불빛을 빗겨 간 자리라 예서의 얼굴이 잘 안 보였다.

 "너 괜찮아? 아, 그 아저씨 너무하네."

 선오가 어색하게 웃으며 분위기를 전환하려 했지만 아무 효과가 없었다.

 "돈을… 돌려드리러 갔던 거야."

 예서가 입을 열었다.

 나는 바닥만 쳐다봤다. 지금 예서가 하려는 말은 올가

미처럼 나를 옥죌 게 분명했다.

"돈? 무슨 돈?"

선오가 어리둥절하게 물었다.

"나도 거기 있었어."

바로 본론이었다. 거 봐. 내가 그럴 줄 알았어. 얘는 돌려 말할 줄을 몰라. 그냥 철퇴를 내려칠 애라고…. 기습을 당한 나는, 도망치지도 못했다.

"같이 학교를 나가다가, 내가 학원 숙제를 두고 와서 교실에 갔다 와야 했어. 선배들이 여기서, 놀이터에서 기다리고 있겠다고 했고. 내 가방도 맡아 줬고. 숙제를 챙겨서 뛰어 왔어. 선배들을 기다리게 하는 게 싫어서. 근데 놀이터 앞에 선배들이 웅크리고 앉아 있는 게 보였어."

예서는 손을 들어 놀이터 입구를 가리켰다. 무대처럼 동그랗게 빛이 비추는 자리였다. 내가 봤던 그 자리.

"바닥에 뭐가 있나 싶었는데… 사람이었어. 할머니인 줄은 몰랐어. 근데 선배들이 화를 내면서 나보고 먼저 가 있으랬어. 119 불렀다고, 너 있어 봤자 도움도 안 된다고. 가방도 못 챙기고 가라는 대로 갔어. 편의점 앞에서 기다리고 있으니까 선배들이 왔어. 내 가방까지 챙겨서. 무슨 일 있었냐고 물어봤는데 아무 일 없다고 좀 짜증 내고. 그건 평소대로였지."

평소와 달랐던 건, 돈이었다. 선배들은 돈을 펑펑 써 댔다고 했다. 보통은 편의점에서 컵라면으로 때우는데, 마라탕과 편의점에서 제일 비싼 아이스크림까지 먹었다. 선배들이 돈을 냈다. 네 컷 사진도 찍고 인형 뽑기도 했다. 예서가 돈을 보태려 해도 됐다고 했다.

"뭔가 이상하다고 생각은 했지. 그 돈이 어디서 났을까. 아까 그 할머니는 어떻게 된 걸까. 왜 나한테 말을 안 할까. 근데… 물어볼 수 있는 사이는 아니었어."

예서가 중얼거렸다.

"같이 웃을 수도 있고 놀 수는 있는데, 물어볼 수는 없었어. 평소에도 그랬어. 집엔 왜 안 가는지. 맨날 달고 다니는 상처는 왜 생겼는지. 교무실에 불려 갔던 이유는 무엇인지. 사실은, 그래서 선배들이 나를 데리고 다녀 준 거야. 내가 안 물어보니까."

어이없게도 그 말을 듣는 순간 울컥, 뜨겁고 아픈 덩어리가 목과 눈과 코로 치밀어 올랐다. 나는 내 상태를 들키지 않으려고 한 발 뒤로, 더 짙은 어둠 속으로 물러났.

나도 마찬가지였다. 진짜 중요한 것들은 물을 수 없었다. '너네 왜 그래?' 그런 말조차도 못 했다. 내가 이상하다고 느끼고 있다는 걸 티 내면, 바로 아웃될 것 같아서. '그럼 너는 빠져' 이런 말이 떨어질 것 같아서. 같이 있으

려면, 밀려나지 않으려면 덮어야 했다.

예서가 교무실로 불려 간 것은 2주 후였다. 그사이 학교에 할머니와 119와 선배들에 대한 목격담이 퍼졌고, 예서는 안심했다. 선배들이 그냥 좋은 일을 한 것뿐이구나 싶어서. 그러나 목격담은 다른 의혹을 불러 일으켰다. 옆에 주차돼 있던 차량의 블랙박스에 찍힌 세 명의 학생. 선생님들은 세 사람 중 예서만 다른 방으로 불렀고, 예서는 돈 이야기를 그때 들었다.

"돈 빼는 건 안 찍혔나 보네. 심증은 있는데 물증은 없는 상황."

선오가 말했다.

예서는 선생님들에게 솔직하게 말했다. 못 봤다고. 질문은 끝이 아니었다. '예서 너는 할머니 안 건드렸지?' '걔네들하고 관계없지?' '예서야, 너는 착한 애잖아.'

'친한데요.' '같이 놀았는데요.' 말을 해도, 선생님들은 자기 듣고 싶은 것만 들었다. 예서를 보호해 주려는 거였을까. 둘은 어차피 졸업할 거니, 예서가 결백한 게 더 중요해서였을까. 어느 쪽이든 예서가 원하는 일은 아니었다. 선배들은 절대로 돈을 가져가지 않았다고 주장했고, 일은 마무리됐다. 졸업이 겨우 일주일 앞이었고, 학교는 일을 크게 만들기 싫어했다.

선배들과는 그 뒤로 연락이 끊겼다고 했다. 예서의 부모님은 그 선배들과 예서가 한통속으로 보일까 봐, 선배들이 예서를 어디론가 끌어들일까 봐 겁냈고 그 일을 아예 잊기를 바랐다.

헤드라이트를 켠 자동차가 지나갔다. 자동차 바퀴가 할머니가 쓰러진 자리 위로 무겁게 굴렀다.

"할머니한테 돈을 돌려드리고 싶어."

예서가 말했다. 아까보다 단단해진 목소리였다.

"네가 훔친 것도 아니잖아!"

나는 반사적으로 반발했다.

"나도 그 돈을 썼어."

예서가 바로 대답했다.

"진작 그러고 싶었어. 사과도 하고. 근데, 이게 나만의 일이 아니잖아. 선배들 일을 꺼내야 하니까. 그래서 못 했던 건데…."

"예서야, 선생님들 말이 맞아. 넌 그냥 잊어. 네가 죄책감 느낄 일 아니야. 왜 이제 와서 이미 정리된 일을 들쑤시려고 해?"

선오가 달래듯 말했고, 예서는 고집스럽게 입을 다물었다가, 말했다.

"본 사람이 있잖아."

예서가 날 가리키는 순간— 머릿속이 팡 터지면서 말문이 막혔다.

예서는 잊으려 했다고 했다. 가끔 다른 애들의 입에서 목격담이 나올 때도 모르는 척했다. 그러나 이번에 교지 편집회의에서 그 이야기가 다시 나왔을 때, 그리고 내가 바로 그 목격자라는 걸 알게 됐을 때, 더 이상은 모른 척할 수 없게 됐다고 했다.

"무슨 신호 같잖아. 잊으면 안 된다는 신호. 졸업 전에, 끝나기 전에 마무리하고 싶어. 재영이 말을 듣고 결심이 섰어."

나 때문이라는 거야? 눈물은 쏙 들어가고 얼굴에 열이 올랐다. 내가 차라리 목격담을 안 썼다면 할머니도 돈 없어진 걸 몰랐을지도 모른다. 그래, 진짜로 돈을 훔쳤든 아니든, 당한 사람이 몰랐다면 괜찮은 건데. 예서에게도 마찬가지였다. 내가 본 거라고 말하지 말걸! 예서를 자극하지 말걸!

진짜 싫었다. 기껏 쌓아 놓은 것들이 흔들리고 있었다. 이게 무너지면— 다른 것들도 다 무너지게 된다. 나는 예서를 설득하고 싶었다. 내 말을 들으라고, 어깨를 마구 흔들고 싶었다.

"그 할머니나 가족들 입장에서 생각해 봐. 아까 그 아

저씨도, 돈을 훔쳤다고 믿고 있으니까 화가 나는 거잖아. 이럴수록 돈을 훔친 게 아니라고, 할머니를 구해 준 거라고 좋은 쪽으로 밀어 붙이는 게 낫지! 이제 와서 돈 훔친 게 맞다고 인정하면 화만 더 난다고. 좋게 포장하는 게 더 좋은 일이야!"

예서는 꼼짝 않고 자기 손을 내려다봤다. 그러고는 내게 물었다.

"좋은 일이겠지. 그런데, 옳은 일이기도 해?"

혼란스러웠다. 그 두 개가 다른 거야? 좋은 일인데 동시에 옳지 못할 수도 있어?

"학원에서도 너…."

예서가 말을 하다 말았다. 똑같은 짓이었나. 옳지 않은 좋은 일. 그렇지만, 그렇지만! 지긋지긋했다. 말을 꾸며 대고 싶었지만, 동시에 그러기 싫었다. 좋은 '말'들로 겨우 엮고 덮은 누더기 밑에 뭐가 있는지 알고 싶지 않았다.

6

놀이터 앞을 지나가는데, 비가 많이 왔어요. 안 그래도 요즘 해가 빨리 지는데 비까지 오니까 아주 어둡고 으스스하더라고요. 그런데 어떤 아이가 놀이터 미끄럼틀 밑에 웅크리고 있었어요. 우산도 없고요. 제가 우산이 있어서 준다고 했어요. 집이 바로 앞이어서, 우산이 없어도 괜찮았거든요.
그런데 아이가 안 나오겠다고 버티는 겁니다….
그래서… 그냥 거기 있으라고 했지요.
저는 집으로 돌아와서 라면을 끓여 먹었어요. 뜨겁고 매운 거 먹으니까 속이 확 풀리더라고요.
그 아이는 몰라요. 어떻게 됐는지.

선오와 마주칠까 봐 급식실도 안 가고 도서실 구석에서 핸드폰을 하고 있는데, DM이 왔다. 〈아마코난〉이었다.

> 영상 올라갔습니다!

 기다렸던 소식이었는데 지금은 아무 느낌 없었다. 기계적인 손짓으로 링크를 눌렀다. 그런데 영상 제목과 분위기가 내 예상과 완전히 달랐다. 감동 영상이라더니, 이게 뭐야?

[충격주의!] 사기 사건 용의자를 찾았습니다!

 빨간색 경고 표시가 덕지덕지 붙은 썸네일이었다. 영상 챕터에서 내가 나오는 부분을 찾았다. 중간쯤이었다.

 '그 뒤로 3주간 흔적을 못 찾다가, ○○동에서 목격됐습니다. 차량 블랙박스에 찍힌 모습을 확보했고요. 확실하진 않았는데, 저희의 끈질긴 추적 끝에! ○○동 사거리에서 용의자를 목격한 사람을 찾았습니다.'

 앞뒤에 설명이 붙자 내가 한 말은 전혀 다르게 보였다.

 '파란색 바람막이 점퍼를 입고 있었고요. 네, 저쪽에서 걸어오고 있었어요. 그 택시를 꼭 타고 싶었는지 뛰어오더

라고요. 그러다 넘어져서 무릎에서 피가 막 났거든요…'

치료 받는 내용은 아예 빠졌다. 착한 일을 한, 도와준 사람 이야기도 없었다. 유튜버가 내 말을 받아 상황을 정리했다.

'그 정도로 다쳤으면 무릎에 흉터가 생겼을 가능성이 높아요. 이 부분 주목해야 하고요, ○○동이 어딘가 하면 용의자 사촌 형이 사는 동네입니다. 역시 이번 사건의 공범이 있었다, 그렇게 봐야 할 것 같네요. 경찰이 이 부분을 확실히 조사해야 할 텐데요. 저희 〈아마코난〉 채널은 경찰 협조에 적극적입니다. 연락 주시면 자료를 아낌없이 제공하겠습니다!'

마지막엔 자막으로 용의자의 상처를 치료한 사람과 용의자를 태운 택시를 찾는다는 자막이 떴다.
너무 황당해서 말이 안 나왔다. 처음부터 다시 영상을 봤다. 그 용의자의 동선을 추적하는 데 CCTV와 블랙박스 녹화 장면, 그리고 세 명의 목격자가 직접 나와서 말하는 게 들어갔다. 내가 그중 하나였다. 내 목격담을 증언으로 쓴 거다!

벌떡 일어났다 앉았다를 반복하다가, DM을 보냈다. 손이 떨려서 오타가 나는 바람에 몇 번이나 다시 썼다.

> 이게 뭐예요? 감동 영상이라면서요!
> 이런 건 줄 알았으면 영상 안 찍었어요!

> 보셨어요? 영상 잘 나왔죠?

> 그게 중요한 게 아니고요!

> 아니, 들어 보세요. 저희가 처음부터 님을 속이려고 한 건 아니고요.
> 확인하다 보니까 마침 딱 맞아 떨어져서 그런 거예요.
> 실제로 보신 걸 얘기하신 거잖아요. 님에게 문제 생길 일 없어요.
> 너무 나쁘게만 보지 마세요. 사기꾼 잡히면 님 덕이에요~ㅎㅎ

얼굴이 빨갛게 달아오르고 등에 식은땀이 났다. 아, 미치겠네 진짜! 경찰에서 연락 오면 어쩌지? 영상에 나온 건 거의 다 내가 지어낸 부분들이었다. 좋은 의도를 뒷받침하려고 지어낸 건데, 좋은 부분은 쏙 빼고 거짓만 남았다. 변명의 여지조차 없는 쌩 거짓말이 된 거다.

알겠다고 하고 입 다물까? 그러다가 정말 수사가 시작돼 혼선이 생기면?

> 솔직히 그 사람은 기억 잘 안 난단 말이에요…

나는 털어놓고 말았다.

그 뒤에 일어난 일은 엉망진창이었다. 유튜버는 난리

를 쳤다. 손해 배상 청구할 거다, 얼굴과 연락처 공개해서 영상을 올리겠다, 너 때문에 입은 손해가 얼마나 되는지 아느냐…. 나는 될 대로 되라 하는 심정으로 끊임없이 뜨는 DM을 보기만 했다.

수업 종이 치는 것도 못 들어서, 5교시에 늦었다. 어차피 애니메이션 보는 시간이라 조금만 혼나고 말았다. 혼나든 말든 신경도 안 쓰였다. 나는 책상에 엎드렸다. 어쩌지? 누구에게 말하지? 언니에게? 엄마 아빠에게? 나는, 신경 쓰이지 않는 딸, 내버려 둬도 되는 동생이어야 했다. 이런 식으로 문제를 일으켜서는 안 됐다.

하교 시간이 될 때까지 나는 고개를 한 번도 들지 못했다. 애들이 짐을 챙겨 교실을 떠나는 걸 느끼면서도, 그냥 앉아 있었다. 내 주변의 공기까지 얼어붙은 느낌이었다. 아무것도 못 하고 아무 데도 가지 못할 것처럼.

그런데 갑자기 얼음을 깨듯 선오의 목소리가 들렸다.

"야, 서재영! 잠깐 들르라니까 그걸 씹냐. 딱 15분만 시간 내서 교정지 좀 봐 줘. 나랑 예서가 볼만큼 봤는데도 틀린 글자가 또 나온다… 너 얼굴이 왜 그래?"

내 책상에 선오가 걸터앉았다. 예서도 어색한 얼굴로 옆에 서 있었다. 나는 선오의 옷을 덥석 잡았다. 내가 잡을 수 있는 유일한 지푸라기였다.

무슨 정신으로 교지 회의실까지 갔는지 모르겠다. 자리에 앉아 예서가 가져다 준 물병을 손에 쥐고, 나는 내 상황을 털어놓았다.

"내가 꾸며 낸 얘기였는데…."

불이 붙은 것처럼 목 안이 화끈거렸다. 말하는 내내 계속 침을 삼키고 물을 마셔야 했다.

"자세하게 말해 봐. 그쪽이 한 말 다."

선오는 왜 그랬냐고는 묻지 않았다. 그저 무섭게 집중하는 얼굴로 내가 더듬더듬 하는 말들을 자기 노트북에 받아 적었다. 타이핑이 어마어마하게 빨랐다.

"이거 순 양아치들이네. 이런 영상이라는 거 너한텐 말 안 했다 이거지? 핸드폰 줘 봐, 내가 직접 DM 보낼게!"

선오는 거침없이 문장을 쓰기 시작했다.

> 그쪽이 그렇게 말을 하도록 유도했잖아요!
> 중간에 영상 안 찍겠다고 했을 때도 꼭 찍어야 한다고 했죠?
> 미성년자에게 강요한 거고, 지금 하신 말도 협박이거든요?

"야…. 협박이라고 하면 너무 센데…."

"이쪽이 먼저 시작했으니, 개싸움 해 줘야지."

투지에 불타는 선오가 믿음직스러우면서도 불안했다. 유튜버는 내가 거짓말한 것을 붙잡고 늘이지고, 선오는 유튜버가 먼저 거짓말한 거라고 주장했다. 팽팽하게 말싸

움만 계속되는데, 옆에서 계속 핸드폰을 하고 있던 예서가 입을 열었다.

"이 채널 주인, 예전에도 억지 추리 하다가 고소당한 적 있대. 증언 문제도 있었어. 똑같아! 다른 거 찍는다고 속여서 찍었대."

"어디 봐봐. 이것들 상습범이네!"

선오의 손가락이 빨라졌다.

> 처음부터 작정하고 거짓말한 건 그쪽인데요!
> 이런 증언하는 거 위험한 일이잖아요! 위험한 거 싹 감추고 끌어들인 건데, 저희 부모님이 아시면 가만히 계실 거 같아요?
> 학교에도 직접 알릴 거예요!

"영상 조작해서 문제된 적도 있었대. 일부러 잘라 내고 쓴 거야."

예서는 그 채널이 저지른 잘못들을 캐냈고, 선오는 핸드폰 액정을 부술 것처럼 두드리며 말을 쏘아 댔다.

> 어느 쪽 잘못이 더 큰지 한번 공개해 볼까요?
> 안 하겠다는 사람 거짓말로 설득해서 강제로 영상 찍게 만들었다고, 폭로 영상 찍어서 올릴 거예요!

> 그럼 뭘 어떻게 하라고요….

치열한 공방 끝에 유튜버가 약간 수그러들었다. 선오

는 불도저처럼 밀어붙였다.

> 당연히 영상 내려야죠!
> 제 얼굴이랑 목소리 나온 부분 전부 지워 주세요!

> 근데, 컨펌하신 거잖아요.

> 전체 보여 줬으면 허락 안 했어요!

결국 영상은 내려갔다. 영원처럼 길게 느껴졌지만 고작 몇 시간 사이에 벌어진 일이었다.

"아…. 해결된 거겠지?"

너무 긴장한 나머지 토할 것처럼 속이 울렁거렸다. 차갑게 식은 이마에 젖은 앞머리가 달라붙었고, 머리카락은 하도 쥐어뜯어서 산발이었다. 선오는 손을 털며 고개를 끄덕였고, 예서는 창백한 얼굴로 들고 있던 핸드폰을 책상 위에 내려놓았다.

그 순간, 누가 문을 똑똑 두드렸다.

"으악!"

셋이 동시에 비명을 질렀는데, 놀란 얼굴로 들어온 건 교지 담당 선생님이었다.

"아휴, 소리는 왜 지르니. 내가 더 놀랐다. 너희 집에 안 가? 불 켜져 있길래 뭐 하나 했네. 선오 내가 붙들고 안 놔주는 거 아니야?"

우리는 멍한 상태로 쫓겨나듯 교실에서 나왔다. 복도는 반쯤 불이 꺼져 어두컴컴했다.

"배고픈데. 뭐라도 먹고 갈래?"

선오가 내 얼굴을 살폈다. 하나도 배고프지 않았지만 선오와 예서를 따라 학교 앞 분식집으로 들어갔다. 이미 하교 시간이 지난 지 오래라 분식집에는 사람이 없었다.

김이 모락모락 올라오는 떡볶이와 어묵을 앞에 두고, 나는 고백하듯 털어놓았다.

"…그런 게 한두 개가 아니야."

둘이 나를 도와줘서 말하는 건 아니었다. 그냥 말하고 싶었다. 익명 게시판의 글도 몇 개 보여 줬다. 소중하게 모아 온 수집품이 지금은 내 발목을 움켜쥘 덫으로 보였다.

"사실도 있지만, 반은… 아니, 70%는 지어낸 거야."

선오는 이해가 빨랐다.

"그러니까, 좋은 얘기를 꾸며 쓴다는 거지? 소설 같은 건가? 아! 그 아우슈비츠 영화처럼 그러고 싶었구나."

"그 할머니 얘기도 그랬어. 진짜로 보긴 봤는데, 좋게만 보고 싶었어. 자세히 봤으면 이상하다는 거 알았을지도 모르지. 근데 그때는 그냥 무시하고 싶었어…."

되도록이면 모르는 척하고 싶었다. 좋은 면만 보고 싶었다. 발이 푹푹 빠지는 모래밭인 걸 알아도, '우아! 하늘

좀 봐, 파랗다' 하며 시선을 돌리고 싶었다.

왜냐하면 나는, 그때.

말문이 막혔다. 하지만 말하지 않으면 이 꼬인 매듭을 풀 수 없었다.

"학교에 돌아가고 있었는데…."

그날 실과실에서 과자 파티가 있었다. 하교 후에, 친한 애들만 남아서. 친한 애들…. 나은이를 중심으로 엮인 애들. 나는 다른 애들과도 그럭저럭 잘 지냈다.

그런데 언제부터였을까? 나은이의 태도가 미묘하게 꼬이기 시작한 것은. 계기가 되는 일이 있긴 했나? 나는 몰랐다. 같이 놀았고, 가끔은 서로 기분이 상했지만 또 잘 풀었다. 친한 사이라고 생각했다.

'재영아, 내 책 좀 도서관에 빈납해 줄 수 있어?'

'새영아, 나 초코 우유 먹고 싶은데 숙제 때문에 매점 갈 시간이 없어.'

나은이가 시작이었다. 다른 애들도 점차 동참했다.

'재영이는 착하니까.'

'재영이 덕에 안 혼나고 넘어갔네.'

'고마워, 재영아!'

처음엔 아무 생각이 없었다. 도와주면 좋은 거니까. 좋은 일 하는 거니까. 나중엔 기분이 나빴지만 뭐가 문젠

지 정확히 설명할 수가 없었다. 그 애들이 나에게 뭘 강요하는 것도 아니었고, 결과적으론 내가 다 자발적으로 한 거였다. 그러니 참는 수밖에 없었다. 잘하면 되겠지. 그러면 상대도 나를 그렇게 대해 주겠지. 그런데 그게 아니었다. 점점 더 많은 부탁과 숨기는 듯한 웃음, 내가 가까이 가면 딱 멈추는 대화.

참고 참다 엄마에게 아주 일부분만 이야기해 봤다. 하지만 엄마는 내가 왜 고민하는지 전혀 이해하지 못했다.

'친구 부탁을 들어주는 건 좋은 일이지.'

언니는 다르게 말했다.

'야, 걔네들이 너 완전 호구인 줄 아네. 들어주지 마!'

두 말 다, 상황을 바꿔 주지는 못했다.

상가에서도 그랬다. 김성준과 이지우가 낀 무리가 무인 편의점에서 초콜릿을 훔치다 걸린 건 나와는 아무 상관없는 일이었다. 거기에 나은이가 있지만 않았어도. 나은이는 학원에서 내려오던 나를 너무도 당연하게 한 패로 끌어들였다.

'재영아! 말 좀 해 줘. 우리 학원에 같이 있었잖아. 방금 수업 끝나서 막 내려온 건데, 아줌마가 우리까지 싹 다 잡아서 도둑이래.'

거짓말이었다. 나은이와 애들은 오늘 수업에 안 들어

왔다. 주인 아주머니에게 후드 점퍼 모자를 잡힌 1학년이 겁에 질린 얼굴로 나를 쳐다봤다. 나은이 패거리가 노예처럼 데리고 다니는 후배들이었다. 최근에 좀도둑질이 잦다고, 경고문을 써 붙인 가게였다. 아주머니가 실시간으로 CCTV를 보다가 뛰어나온 모양이었다. 아주머니의 다른 쪽 손에는 비싼 외국 초콜릿이 들려 있었다.

'내가 다 보고 있었어! 너희가 얘네한테 시킨 거잖아! 학원 좋아하네. 어디 뻔하게 들킬 거짓말을 해? 저기 숨어서 보고 있던 거 봤다고! 부모님한테 당장 연락해서 오라고 해! 지나간 것도 전부 청구할 거야. 이 나쁜 것들!'

아주머니가 고래고래 소리를 질렀다. 이건 나은이 본인이 훔치다 걸린 것보다 죄질이 훨씬 나빴다. 학교에 알려지면 신싸 큰일이 될 수도 있었다.

나는 빠져나갈 수를 찾았다. 학원 핑계로 나은이와 패거리를 빼돌린다 해도, 남은 1학년들이 순순히 자기들만 벌 받을 리가 없었다. 그러니 다른 이야기를 만들어 내야 했다.

'여기 현금 계산 안 되잖아요.'

내가 불쑥 말했다. 아까 학원 들어가는 길에 들렀을 때, 계산대에 '기계 고장. 현금 결제 불가' 안내문을 봤다. 그 종이는 여전히 안에 붙어 있었다. 나는 아주머니에게

84

잡힌 1학년을 가리켰다.

'얘가 그걸 훔치려고 한 게 아니라요, 현금밖에 없어서 친구한테 카드 빌리려고 나온 거거든요. 물건을 들고 나온 건 물론 잘못했지만, 조금만 더 지켜보셨으면 제대로 결제했을 텐데, 아줌마가 너무 빨리 도둑으로 몬 거 아니에요?'

반은 추측이었다. 아주머니는 아마 얘가 편의점 문을 나오자마자 득달같이 달려왔을 거다. 그래야 도망가기 전에 잡으니까.

'마, 맞아요! 선배들한테 카드 빌리려고 나온 건데! 나 도둑 아니라고요! 이거 놔요!'

1학년이 눈치 빠르게 맞장구치며 아주머니의 손에서 벗어나려 몸을 비틀었다.

'그렇게 잡고 있으면 아동 학대예요!'

나은이가 말했고,

'그러게 진작 계산기 고치셨어야죠.'

이지우가 밉살스럽게 덧붙였다.

아주머니는 붉게 달아오른 얼굴로 우리에게 삿대질을 했다. 그래도 애들은 기죽지 않고 떠들어 댔다. 도둑으로 몰다니 억울하다, 아주머니가 우리에게 사과해야 한다….

'니들 그렇게 살지 마!'

악에 받친 아주머니의 목소리를 뒤로하고 우리는 당당하게 복도를 걸어 나왔다. 애들은 상가를 빠져나오기 전부터 낄낄댔다.

'야, 할 말 없으니까 저런다. 완전 웃겨.'

'난리 치는 사이에 건졌지롱!'

김서준이 주머니에서 젤리를 꺼내 자랑스럽게 흔들었다. 내가 아주머니와 말다툼하는 틈을 타서 가지고 나온 거였다.

'와, 빨리 잡힌 게 차라리 다행이었다. 서재영 아니었음 큰일 날 뻔! 덕분에 살았다!'

애들이 나를 추켜세워도 하나도 좋지 않았다. 나는 웃지 못했다. 그런 나를, 나은이가 살폈다.

'아, 재영이는 양심이 있어서 찔리나 보다. 우리는 양심이 없어. 그치?'

그 말에 웃으면서 아니라고 했어야 했는데. 나는 끝내 굳은 얼굴을 풀지 못했고, 그게 끝의 시작이었다.

그다음 주가 과자 파티였다.

"먹고 싶은 게 빠졌다고 했어. 나한테 사와 달라고 부탁하더라."

분명히 부탁이었다. 시키는 게 아니라. 나은이는 언제나 나처럼 웃으면서 '아, 양파 과자 먹고 싶은데 없네'라고 말

했고 나는 언제나처럼 '그럼 내가 사 올게!'라고 말했다.

"안 그래도 됐는데. 먹고 싶은 사람이 사 오면 되는 거잖아. 그런데도, 내가 가야 할 것 같았어. 다들 나를 보고 있었거든. 웃으면서."

과자를 사 오면서 계속 생각했다. 이상한 거 아니야, 날 시킨 것도 아니야. 내가 스스로 사 온다고 했잖아. 당연히 사 올 수 있지, 친구들이니까. 좋은 일을 하는 거니까.

그 길에 할머니와 선배들을 봤다. 무슨 일이냐고 묻고 끼어들고 싶진 않았다. 그저 빨리 돌아가서 이 사건에 대해 말해 주고 싶었다. 나은이와 애들이 흥미로워할만한 이야깃거리를 발견한 것에 기뻐하면서 서둘러 걸었다.

그러나 돌아간 교실엔 아무도 없었다. 가방도 없었다. 먹다 남은 과자 봉지와 내 가방만 그대로.

날 두고 갔구나.

나는, 친구도 아니었구나.

생각을 안 하고 싶었다. 머리를 비우고 싶었다. 그래서 나는 할머니와 선배들 이야기를 썼다. 좋은 이야기를 쓰고, 감동했다는 댓글을 봤다. 매일 좋은 장면을 찾아 헤매고, 못 찾았기에 상상해서 썼다.

그렇게 내 주위에 담을 쌓고 바깥과 차단된 그 좁은 담 안을 알록달록하게 칠하자, 비로소 편해졌다. 그곳은

안전하고 아름다운 세계였다. 내가 쓰는 이야기들은 담을 꾸미는 그림이었다. 세상이 이렇게 좋은 곳이라고, 나 자신을 설득할 수 있는 증거들이었다.

방학 동안에는 나은이를 안 볼 수 있었다. 개학이 다가오자 고민이 됐다. 다른 애들은 다 무시하고 지낸다 해도 나은이를 어떻게 봐야 할지 결론을 내릴 수가 없었다.

그리고 개학했을 땐, 3학년이 됐을 땐, 나은이는 학교에 없었다.

"나는 걔가 전학 가는 줄도 몰랐어. 내가, 몇 반 됐냐고 물어봤거든. 1반이라고 했는데. 1반 앞을 지나갈 때마다 조마조마했는데… 없더라."

나은이를 중심으로 모였던 애들은 흩어졌다. 단체 메시지 방도 폭파됐디. 몇 명하고는 인사 정도는 했고, 이지우 같은 애랑은 모르는 사이처럼 지냈다. 그 한 시절은 없던 것이 됐다. 그때 너희 왜 그랬냐고 물으면 나만 이상한 사람이 될 테니까. 무슨 일이 있긴 했냐고 되물을 테니까.

예서가 말했다.

"나도 왜 그랬는지 못 물어봤어. 왜 선배들이 나더러 먼저 가 있으라고 했을까? 나쁜 짓을 하고 있어서? 나한테 보이기 부끄러워서? 그렇다면 되게 나쁜 사람은 아니라는 뜻이잖아."

예서에게 내 모습이 겹쳐 보였다. 되게 재미있었는데. 신났는데. 나를 끼워 줘서, 행복했는데. 그래서 모른 척했던 건데.

"그 선배들은 나한테는 좋은 사람이었어. 할머니에게는 나빴어도. 나한테는 좋았어."

나은이도 나한테는 나빴지만 다른 애들에게는 좋은 친구였을까. 그렇다면 나는 왜 그 좋은 쪽에 포함되지 못했던 걸까.

선오가 손을 휘휘 저었다.

"나쁘게 한 사람한테는 욕먹고, 잘해 준 사람한테는 좋은 소리 듣고 그러면 되지! 인간이 원래 그렇대. 복잡하다고. 둘 다 생각이 너무 많다. 일단 남은 거나 먹자."

떡볶이는 식고 퉁퉁 불어 있었다. 나 때문에 먹지도 못하고, 미안했다.

"고마워, 진짜. 진짜 쪽팔린데…. 고맙다."

나는 마음을 다해 인사했다. 선오는 뿌듯한 표정으로 아까 진짜 통쾌했다고, 그런 경험은 언제나 환영이라고 말했다.

그리고 예서가 말했다.

"그럼, 나도 한 번만 도와줘."

7

예서가 원하는 건 하나였다. 할머니에게 사과하고 돈을 돌려드리는 것.

선오와 나는 예서를 설득해서 할머니를 직접 만나지는 않겠다는 약속을 받아 냈다. 예서는 봉투에 돈과 짧은 편지를 넣었다. '죄송합니다' 다섯 글자가 다였다. 이름을 쓰겠다고 하면 말리려 했는데, 예서도 그건 하지 않았다.

"15만 원, 하, 미쳤다. 내가 아까워서 그래. 5만 원만 넣어. 왜 15만 원 다 넣어? 너 혼자 쓴 것도 아닌데."

선오는 혀를 찼고, 예서는 말없이 노란빛 편지 봉투를 만지작거렸다. 내가 걱정하는 건 다른 쪽이었다.

"너인 거 알아내면 어떻게 하려고?"

나는 비슷한 상황을 만들어 좋은 쪽으로 상상해 봤다.

저희 할머니가 지갑을 잃어버렸는데 돈만 쏙 빠지고 지갑만 돌아왔어요. 한참을 속상해하시더라고요. 근데 어느 날 우편함을 보니까 웬 봉투가 들어 있는 거예요. 거기에 할머니가 잃어버린 돈 그대로랑, 죄송하다는 쪽지도 있었어요. 그래도 양심은 있었나 봐요….

이 상상의 결말은 어떻게 될까.

그래서 할머니가 CCTV 확인하고 바로 신고했어요.

이게 현실에 가까울 거다. 할머니가 이제라도 사과해줘서 고맙다고 하는 건 드라마에나 나오는 이야기다. 내 목격담 속에나 나올 이야기. 할머니 쪽에서 선배들을 경찰에 신고하면 어쩌지? 지금은 심증이 있어도 물증은 없는 상태인데, 이 돈과 편지는 바로 물증이 될 수 있었다. 할머니 쪽에서 그때 걔네들이 돈 가져간 게 맞다고 확신하게 될 거다. 문제는 그것만이 아니었다. 잘못은 셋이 했는데 그중 한 명만 사과하는 건 나머지 두 명을 배신하는 짓이나 다름없었다. 선배들이 그걸 걸고 넘어지면 예서는 심각하게 곤란해질 수 있었다.

"이러나저러나 잘못하는 거라면… 내가 옳다고 생각

하는 쪽으로 할래."

예서는 이미 마음을 정했다. 선오는 예서를 말리는 걸 포기했다.

"어떻게 하든 네 선택이니까. 우리 할아버지가 맨날 말씀하시는 게 있어. 뭘 하든 좋다. 그러나 책임은 져라."

"…."

"상황이 예상대로 잘 풀리지 않을 수도 있다는 소리야."

사과하려면, 잘못했다는 걸 인정해야 한다. 인정 없는 사과는 있을 수 없다. 내가 잘못한 건 아니지만 그쪽의 마음을 위로하고 싶다는 식의 애매한 사과는 사과도 아닐 거다. 그리고 잘못을 인정하는 건, 물어뜯어도 좋다고 허락하는 거나 다름없다. 상대가 어떻게 나올지 짐작하지 못하면서도 다 받아들이겠다고 하는 게 얼마나 무모한지 예서는 알고 있을까.

선오가 할머니네 집을 알아냈다. 선오네 할아버지 덕이었다. 할아버지도 딱 선오처럼 일없으면 답답해하시는 성격이라, 동네에 모르는 사람이 없단다.

우편함에 봉투를 넣자는 건 선오의 아이디어였다. 빌라 입구에 CCTV가 달려 있지 않다는 게 그 이유였다. 그러나 빌라 선물까지는 알아도 빌라 안의 열 집 중에 어느

집인지는 몰랐다.

선오와 나와 예서는 빌라가 보이는 골목 입구의 편의점 앞에서 서성거렸다. 겨울이라 다행이었다. 우리 말고도 새까만 롱패딩을 입은 인간이 수두룩했다.

"그 할머니가 4시쯤에 시장에 들러 장을 보신대. 할아버지가 기원에 계시다가 간식 사러 시장 갈 때 자주 마주쳤다는데."

우리는 3시 30분부터 할머니가 나오길 기다렸다. 발끝부터 감각이 없어지고 이러다 동상 걸리겠다 싶어질 때쯤, 할머니 한 분이 빌라 1층 유리문을 밀고 나왔다. 한쪽 팔에는 천으로 된 장바구니를 걸치고 있었다.

"저 할머니야. 어! 우편함 보신다! 제발 뭐라도 꺼내 주세요, 몇 혼지 알게!"

선오가 속삭였다. 그러나 할머니는 우편함을 힐끗 보기만 하고 골목을 내려갔다.

"어떡해? 따라가? 돌아오실 때까지 기다려?"

"너무 추운데. 언제 돌아오실 줄 알고 기다리냐."

"그럼 가자!"

우리는 엉겁결에 할머니의 뒤를 쫓았다. 할머니는 그리 멀지 않은 골목 안 작은 재래시장 안으로 들어갔다. 한 팔에 걸친 장바구니가 눈에 띄었다.

"나 혼자 갈게. 장바구니에 봉투 넣고 올 수 있을 거 같아."

예서가 말했다.

"정예서, 절대 눈에 띄면 안돼!"

내 말을 뒤로 하고, 예서는 시장 안으로 들어갔다. 나와 선오는 입구 쪽에 남았다. 우리는 핸드폰으로 웹툰을 보는 척하며 예서를 힐끔거렸다. 어린애를 물가에 혼자 내어놓은 것처럼 초조했다.

예서는 할머니의 뒤를 따라 움직였다. 할머니가 감자를 고르고 고춧가루를 살필 동안 장바구니에 봉투를 넣을 기회가 몇 번 있었지만 잘 안됐다. 할머니는 짧은 시장 골목 끝까지 갔다가, 다시 입구 쪽으로 돌아 나왔다. 그 사이 장바구니는 가득 찼다. 대파가 장바구니 밖으로 삐져나왔다. 저 대파 옆으로 봉투를 넣으면 될 것 같은데. 예서가 봉투 든 손을 뻗는 순간, 할머니가 몸을 옆으로 확 돌렸다. 아깝다! 넣을 수 있었는데.

"손녀야? 착하네, 할머니랑 같이 장보러 나오고."

생선 가게 아주머니가 예서에게 친근하게 말을 걸었다. 할머니가 돌아보고, 예서는 꼼짝 없이 할머니와 눈을 마주쳤다. 선오가 내 팔을 꽉 잡았다. 설마, 알아볼 리가 없는데….

예서는 바짝 굳었다. 그러고는, 말했다.

"아뇨, 그냥… 무거워 보여서요."

생선 가게 아주머니가 그 말에 맞장구를 쳤다.

"그러게, 뭐 그리 많이 사셨어요? 미끄러지면 어쩌시려고."

할머니는 장바구니를 내려다보며 저녁 메뉴에 대해서 말했다. 장바구니가 주목받고 있으니 거기에 봉투를 넣겠다는 계획은 물 건너갔다. 저렇게 둘이 대화하는 사이 예서가 조용히 빠져나오는 게 최선의 선택인 것 같은데….

"제가 짐 들어드릴까요?"

예서가 말했다.

"으아…."

내 옆에서 선오가 신음했다.

왜 저러는 거야, 최대한 접점이 없어야 하는데! 할머니와 예서는 뭐라고 말을 주고받았고, 할머니는 몇 번 거절하다가 결국 웃으며 장바구니를 예서에게 넘겼다. 우리는 멀찍이 떨어져서 두 사람을 뒤쫓았다. 한쪽으로 치운 눈. 바삭하게 밟히는 염화 칼슘 덩어리. 구름 한 점 없는, 어두워지는 파란 겨울 하늘. 그리고 걸어가는 두 사람.

"저건 악연이야, 인연이야?"

선오가 중얼거렸다.

평소의 나라면 목격담을 쓸 만한 장면이었다. 시장에서 짐 많은 할머니를 마주친 후 그 짐을 들어드리겠다고 말한 학생. 하지만 그렇게 정리되지 않았다. 예서는 어떤 마음으로 들어드리겠다고 했을까. 미안해서? 조금이라도 빚을 갚으려고? 만족할까, 아니면 후회하고 있을까?

처음으로, 목격담 속 사람의 마음이 궁금해졌다.

예서는 건물로 들어가지 않고 그 앞에서 할머니에게 장바구니를 건넸다.

"아, 집 앞까지 가지! 몇 혼지 알아내게!"

선오가 안타까워했다.

"기다려 봐봐, 어디에 불이 켜지는지 보일 거야."

나는 건물을 유심히 살폈다. 예서가 우리 쪽으로 걸어오는 사이 탁, 3층에 불이 켜졌다.

"저기다!"

한참을 더 기다리고 살핀 끝에 우리는 방금 불이 켜진 301호가 할머니의 집일 거라는 결론을 내렸다. 그리고 길에 지나다니는 사람이 없는 타이밍에, 패딩 모자를 뒤집어쓰고 마스크로 얼굴을 가린 예서가 건물 앞 우편함에 봉투를 넣고 돌아 나왔다. 우리는 떨어져서 아는 사이가 아닌 것처럼 길 끝까지 걸어갔다. 큰길로 나와서 횡단보도를 건넌 후에야 나란히 섰다.

"저 돈, 찜찜하다고 버릴지도 몰라."

내가 말했다.

"그건 그 사람들 선택이지."

선오가 대꾸했다.

우리는 진이 빠져서, 뭘 더 같이 하지 않고, 갈림길에서 헤어졌다. 나는 버스 정류장 의자에 앉아 내가 글을 써 온 인터넷 게시판에 들어갔다. 마이페이지를 클릭하자 그동안 익명으로 써 온 글들이 주르륵 떴다.

ㄴ 난 이런 거 보면 아직 살 만한 세상이라고 느껴.

그 댓글을 봐도 전처럼 만족스럽지 않았다.

ㄴ 이건 좀 그렇다. 받는 사람이 부담스러울듯.

부정적인 댓글에도 예전처럼 화가 나지 않았다. 그저, 방금 전 예서의 모습이 자꾸 생각났다.

그사이 어떤 사람이 버스 정류장으로 걸어와 노선표를 살폈다. 걸리적거리지 않게 의자 끝으로 물러나는데, 그 사람이 멘 책가방이 열려 있는 게 보였다. 가방 속 책과 텀블러가 다 들여다보일 정도로 활짝 열려서 까딱하

면 안에 든 것들이 쏟아질 것 같았다. 말해 줘야 하나? 나 말고 다른 사람이 말해 주지 않을까? 그러나 정류장에는 아무도 없었다.

"저기요."

음악을 듣느라 내 목소리가 들리지 않는 모양이었다.

"저기요? 저기요!"

심지어 그 사람은 정류장을 벗어나 걸어가기 시작했다. 그리고 타이밍 좋게 내가 타야 하는 버스가 왔다.

나는 버스에 타는 대신 그 사람을 향해 빠르게 걸었다. 내 목격담 속 사람들도 이런 마음이었을까? 이렇게 떨리고, 망설이고, 그런데도 자신이 해야 할 일이라고 생각해서 행동했을까.

열린 가방을 건드렸는데도 눈치를 못 채서, 그 사람의 어깨를 건드렸다.

"깜짝이야! 뭐예요?"

엄청 경계하는 눈빛이었다.

"가방 열렸어요."

"아! 이게 왜 열렸지, 에이…."

그 사람은 몸을 휙 돌려 가방을 확인했다. 얼굴이 잔뜩 구겨져 있었다. 쪽팔리겠지. 뭐 없어진 게 없나 걱정도 되겠지. 그래서, 내게 고맙다는 말을 안 하나 보지.

그 사람은 어정쩡하게 고개를 기웃거리더니 좀 더 빠른 걸음으로 가던 길을 갔다. 그래, 이게 현실이다. 좋은 의도로 한 일이 언제나 좋은 반응을 얻어 내지는 못 한다. 그렇게 자판기처럼 원하는 답이 나오는 일은 없다. 상상 밖의 세계는 잔가지와 잔털이 훨씬 많고, 신경을 곤두세우게 하고, 실망하게 한다. 그리고,

"저기요!"

어? 뒤돌아보니 그 사람이 이쪽을 보고 있었다. 그 사람은 나를 향해 고개를 살짝 숙였다.

"고맙습니다."

나는 한참을, 버스 정류장 의자에 앉아 있었다. 버스를 두 대 더 보내고 나는 '편집' 버튼을 눌러 내가 쓴 모든 글을 선택했다. 그리고 '삭제' 버튼에 손가락을 댔다.

내가 해 온 일이 모두 다 잘못이라고 생각하지는 않는다. 그저 이렇게 해 봤으니 다르게도 해 보고 싶다는 마음이 들었다. 그리고 다른 걸 해 보려면 하던 걸 멈추고, 빈 공간으로 만들어 놓아야 한다.

> 정말 삭제하시겠습니까?

나는 삭제 버튼을 눌렀다.

* * *

졸업식은 정신없었다.

정말로 언니가 꽃다발을 들고 왔고, 엄마는 기분 나쁜 티를 팍팍 냈다. 언니는 엄마를 아예 무시했다. 아빠가 나더러 뭘 좀 해 보라는 식으로 옆에서 계속 눈치를 줬지만 나는 끼어들지 않았다. 그런가 보다, 하고 이 상황을 받아들이기로 했다. 가짜 목격담에서나 나올 것 같은 '좋은' 일을 상상하려 애쓰지도 않았다. 엄마와 언니가 각자의 이유를 가지고 행동하는 거라면, 나도 나의 이유를 가지고 행동하고 싶었다. 그게 지금은 가만히 있는 거였다.

선오와는 잠깐 이야기를 했다. 어차피 같은 고등학교를 가게 돼서 별로 아쉽거나 하진 않았다. 선오는 교지 표지에 사인을 해 주느라 바빴다. 편집부 후배들이 사인을 받겠다고 줄을 섰다. 그 모습이 웃기면서도, 진지하게 사인을 하는 선오가 나름 멋있어 보였다.

"너 성공했다."

마지막 사인을 하고 인사까지 마친 선오에게 말했다. 선오는 씩 웃더니 말했다.

"고등학교에도 교지 편집부 있는 거 알지?"

"아, 절대 싫어."

장난으로 대답했지만, 한편으로는 나쁘지 않겠다고 생각했다.

"그거 있잖아, 반대로 될 수도 있었던 거잖아? 좋은 일 하는 사람보고도 속은 다를 거라고 꼬아서 볼 수도 있는 건데. 근데 넌 안 그런 거잖아."

선오가 말했다. 뜬금없었지만 알아들었다. 내 목격담들 이야기였다.

"교지 오면, 그런 코너 하나 만들어 줄게."

선오는 눈썹을 과장되게 올렸다. 벌써 편집장이라도 된 듯한 태도였다.

예서와는 눈인사만 했다. 상가나 할머니 쪽에서 무슨 말이 나왔단 이야기는 없었다. 선오가 은근히 할아버지에게 물어봤는데, 별말 없댔다. 사과를 애매하게 할 수는 없어도 받는 쪽에서 애매하게 받는 건 가능하구나 싶었다. 그건 그쪽의 권리일지도 모르겠다.

집에 돌아와서 혼자 있게 된 건 밤 10시가 넘어서였다. 나는 종이 봉투에서 교지를 꺼냈다. 아까 선오가 특별히 챙겨 준 거였다. 졸업식이 열린 강당 앞에 쌓여 있던 걸 가져와도 되는데, 편집부원 특별 대우라며 '교지 편집부' 마크가 찍힌 봉투에 넣어 줬다. 사실 인쇄는 며칠 전에 끝난 거라 편집부원들은 미리 볼 수 있었지만, 일부러 안 봤

다. 딱 오늘 보고 싶었다.

'우리의 3년' 코너를 펼쳤다. 원래는 맨 뒤에 들어가는 건데, 선오가 현 편집장과 심도 있는 '회의'를 한 끝에 중간 쯤에 들어갔다. 디자인도 작년보다 훨씬 더 섬세하게 잘 됐다. 선오가 난리쳤던 게 떠올라서 피식 웃었다.

1학년 3월부터 천천히 읽어 내렸다. 원고 쓰고 교정도 두 번이나 본 거라 외울 정도인데도 책으로 나온 문장은 신선했다.

- 6월의 아름다운 날, 과학 쌤이 1반에 아이스크림을 쐈다.
- 3년 다 합쳐 최고의 급식 메뉴!
- 지금까지 이런 반 티는 없었다…! 2학년 4반의 뱀 무늬 반 티는 영원히 기억될 것.

중간중간 내가 꾸며 쓴 에피소드도 여전히 들어가 있었다. 선오와 예서에게 뭐가 꾸민 건지 고백했는데, 둘 다 그냥 둬도 상관없을 것 같다고 했다.

그리고 2학년 2학기 말, 문제의 12월. 할머니를 구한 3학년 에피소드는 빠졌다. 대신에 그 자리에 다른 게 들어갔다. 사실상 '우리'가 아닌 '나'의 이야기. 내가 교지 편집부가 아니었다면, 교지에 진심인 선오가 모른 처해 주

지 않았다면, 들어가지 못했을 개인적인 이야기였다.

- 친구가 전학을 갔다. 진짜 친하다고 생각했는데, 나한테만 전학 얘기를 하지 않았다. 그래서, 슬펐다.

나는 손가락으로 글자를 짚었다.

- 슬펐다.

진짜 슬펐다. 그래서 그렇게 썼다. 원래의 나라면 예쁘게 잘 꾸몄을 이야기였다. 나은이가 편지를 남기는 걸로 상상했겠지. 네가 슬퍼할까 봐 차마 말하지 못했어, 잘 지내, 우리 다시 만나자 어쩌구 하는 편지를 스스로 지어내고, 허공에 답을 하고, 좋은 추억으로 간직했겠지. 거짓으로 범벅된 추억을.
그러나 사실, 나는.

- 슬펐다.

그때 나은이에게 연락해서 마음을 말했다면 달라졌을까? 슬펐다고, 서운했다고, 나는 널 친구로 생각했다

고 말했다면. 아니, 비웃음 당했을 거다. '그래?' 하는 말로 씹히고 넘어갔을 것이다. 그때 말하지 못한 것도 당연하다. 그러니 늦었다고 자책하지는 않기로 했다. 나은이가 읽을 리 없다 해도, 영영 전하지 못한다 해도 이건 내가 원한대로의 마무리였다.

나는 교지를 덮었다. 울컥하는 감정을 누르고 있는데,
"뭐야, 언제 사인했대?"

교지 뒤표지에 선오의 사인이 있었다. 옆에 작게 예서의 이름도 쓰여 있었다. 화려한 선오 사인과 달리, 바른 글씨로 '정예서'. 선오가 예서 사인까지 받아 놓은 거다.

너무 어이없어서 웃음이 났다. 웃고, 조금 울었다. 그리고 생각했다. 앞으로 내가 쓸 이야기는 다를 거라고.

오늘 졸업했는데, 친구들이 내가 받은 교지에다가 자기들 사인을 해 준 거야. 우리는 졸업식 날 교지가 나오거든. 아, 나는 교지 편집부여서 교지가 좀 특별해. 그 친구들이 이름을 적어 준 게 되게 고맙더라. 막판에 좀 많이 친해졌거든. 서로 도와준 것도 많고.

음, 시시한 얘기지? 그치만 이건 진짜로 있었던 일이야. 내가 진짜로 느낀 감정들이야. 덧붙이지 않아도, 이걸로도 충분해. 나의 진짜, 경험담.